AS PRECES SÃO IMUTÁVEIS

TUNA KIREMITÇI

AS PRECES SÃO IMUTÁVEIS

Tradução do turco
Marco Syrayama de Pinto

Sá editora

Título original em turco: *Dualar Kalicidir*

Capa
2 Estúdio Gráfico

Foto de capa
Grant Faint / Getty Images

Preparação de texto
Margô Negro

Revisão
Marina Mariz

Projeto Gráfico (miolo)
Eveline Albuquerque

Impressão:
RR Donnelley

A tradução deste livro, diretamente do idioma turco, recebeu o apoio do TEDA PROJECT/Ministério da Cultura e do Turismo da República da Turquia.

Dados Internacionais de Catalogação na Publicação (CIP)
(Câmara Brasileira do Livro, SP, Brasil)

Kiremitçi, Tuna
As preces são imutáveis / Tuna Kiremitçi ; tradução Marco Syarayama de Pinto. Barueri : Sá Editora, 2010.

Título original: Dualar Kalicidir.
ISBN 978-85-88193-58-1

1. Romance turco I. Título.

10-05233 CDU – 894.35

Índices para catálogo sistemático:
1. Romance : Literatura turca 894.35

SÁ EDITORA
Tel./Fax: (11) 5051-9085 / 5052-9112
E-mail: atendimento@saeditora.com.br
www.saeditora.com.br

À minha irmã, Banu

*Agradeço a Solmaz Kâmuran, Rifat N. Bali,
Ara Koçunyan e Mehmet Yaşin pelo apoio dado a
este livro com seus pensamentos e críticas*

Amoleça como uma vela o nosso coração desolado, escurecido e endurecido como uma pedra, e perdoe o nosso lamento e lamúria para que ele atraia Sua misericórdia...

Mevlana

1

– Ah, olá. Seja bem-vinda, senhorita.

– Muito obrigada.

– Por favor, não fique de pé. Eu recomendo essa poltrona *bergère* vermelha. É muito confortável.

– Obrigada.

– Talvez a Zelda tenha se assustado um pouco com você. Não ligue para ela. Quando ela tinha seis anos de idade, foi levada com sua família a um campo de concentração. Seus pais foram mortos diante de seus olhos. Por isso, ela nunca fala. Mas não se deixe levar por essa situação. Ela é uma boa mulher. Faz quase trinta anos que cuida desta casa, e nunca vi uma falha sequer nela.

– Não se preocupe, eu não fiquei com medo.

– Mas você parece estar um pouco nervosa...

– Eu sempre fico assim nas entrevistas de emprego. Acho que por isso, nunca consegui me sair muito bem em toda minha vida.

– Senhorita, não veja isso como uma audiência.

– Então como devo enxergar?

– Veja como um ato de hospitalidade. Sei lá, ou como um passeio noturno. Considere como se estivesse visitando uma tia que mora longe.

– Entendo.

– Mas e o seu sobretudo?

– Que tem o sobretudo?

– Nada. Aliás, eu gosto muito dessa cor. Chama-se violeta, não é?

– A senhora tem razão, violeta.

– Onde o comprou?

– Numa loja em Beyolu.

– Ah, Beyolu... Ainda é bonita como antigamente?

– Isso depende do que a senhora quer dizer com "bonita". Se está falando da Beyolu à qual as pessoas iam com suas roupas de *Bayram*[1], não. Mas em comparação com sua situação de vinte anos atrás, sim.

– Por quê? Era muito ruim há vinte anos?

– Quando foi a última vez que a senhora foi a Istambul?

– Para mim não existe ir para Istambul, senhorita. Existe o sonho de voltar a Istambul. Agora isso é impossível... Infelizmente, minha saúde não permite que eu viaje, mas, se perguntar quando vim para cá, já faz sessenta anos. Desde então sempre sonho com Istambul.

– Faz sessenta anos que não visita Istambul?

– Sim, sessenta anos.

– Mas... e a língua?

– O que tem na minha língua?

---

1 *Bayram*, em turco, refere-se a qualquer festividade religiosa. (N.T.)

– O idioma, quero dizer...

– Sim?

– Sei lá, seu turco não está ruim de maneira alguma. Quero dizer, em relação aos sessenta anos que se manteve distante.

– A senhorita é muito gentil.

– Falo a verdade.

– Quando o meu querido Aldo ainda estava vivo, falávamos turco. Mas ele faleceu há seis anos. Desde então, foi isso o que restou na minha memória. Eu também acompanho canais turcos na televisão.

– A meu ver, não está nem um pouco ruim. Aliás, eu diria que fala mais bonito que a maioria dos istambulitas.

– Ah, *vraiment*?

– Eu lhe asseguro.

– Mas e o seu sobretudo?

– Que há novamente com o meu sobretudo?

– Você vai se sentar com o seu sobretudo? Assim como um convidado?

– Está bem, vou tirá-lo agora mesmo.

– O seu cachecol foi feito à mão?

– Sim...

– De qualquer maneira, o roxo sempre é uma cor bonita para a lã. Você se importaria se eu perguntasse quem o tricotou?

– Claro que não me importo. Minha avó paterna o tricotou.

– Deveras? Você ama sua avó?

– Na verdade, ela era a única pessoa que eu amava na minha família. Mas infelizmente ela não está mais viva...

– Ah, sinto muito.

– Não se preocupe, é o fado.

– Perdão, como disse?

– Disse: "Não se preocupe, é o fado".

– Fado... Por exemplo, faz tempo que não ouço essa palavra...

– De qualquer forma, não havia mais ninguém que a usava na escola, a não ser eu. Aliás, os professores riam muito de mim por usar esse tipo de palavra. Mas ela penetrou dentro de mim. Quiçá por causa de minha avó.

– Ou graças à sua avó.

– Sim, pode-se ver dessa maneira, claro.

– Por gentileza, pode deixar aí o seu sobretudo. Daqui a pouco a Zelda vem e o recolhe. Sinta-se à vontade, por gentileza. Como se estivesse na sua casa...

– Está bem, farei o possível.

– Como viu o anúncio?

– No meu tempo livre, eu vendo jornais para ganhar um dinheirinho. Ontem, após trabalhar até o meio-dia, fui sentar-me no parque. A pilha de jornais estava ao meu lado. Naquele momento soprou o vento e as folhas se espalharam. Ao tentar juntá-las, o vi. Por estar em turco, chamou minha atenção.

– Ou seja, você o viu enquanto lia o jornal.

– Eu não leio jornal.

– Nem jornais locais?

– Especialmente jornais locais.

– Mas por quê? A propósito, o que a Zelda pode lhe servir?

– Pode ser um café.

– Também temos chá. Fazemos ao modo de Istambul: bem forte.

– Obrigada. Prefiro café. Com leite e açúcar, por favor...

– Mais uma coisa: não é preciso gritar, senhorita. Zelda pode ouvi-la. O silêncio dela é completamente psicológico.

– Perdão.

– Não foi nada, não enrubesça. Disse-o para o seu conforto. Espero que não tenha se ressentido.

– Não, não fiquei ressentida.

– Mas você enrubesceu.

– Neste tipo... de entrevistas isso sempre ocorre comigo. É algo que não consigo evitar. Bom, agora eu já disse o que me fez enrubescer, pelo jeito vou enrubescer mais.

– Então é melhor eu deixá-la em paz.

– Não há problema algum.

– Onde estávamos?

– Não sei, eu também esqueci.

– Ah, *oui, les journeaux*... Você falava que não lia jornais.

– Não, não leio. A meu ver, os jornalistas pensam que, quanto mais notícias ruins escrevem tanto mais venderão. E eu não quero pagar para aborrecer minha cabeça com os problemas do mundo. A cada um bastam seus próprios problemas.

– Mas os livros também são assim, não?

– De qualquer forma, eu não leio romances ou outro gênero... É muito ilógico se preocupar com personagens imaginários quando é tão difícil lidar com seus próprios problemas.

– Então o que a senhorita lê?

– Ultimamente mais poesia.

– É mesmo?

– Sim... Bem, senhora Rosella... Se não me levar a mal, posso perguntar algo?

– Claro...

– O que estamos fazendo aqui?

– Estamos conversando, *mademoiselle*.

– Mas por quê? Quero dizer, sem dúvida a senhora não publicou aquele anúncio para conversar.

– Na verdade, foi exatamente para isso que o fiz.

– E se eu disser que não entendi?

– Não ficarei nem um pouco magoada... O que estava escrito no anúncio, a senhorita se lembra?

– Não preciso me lembrar, está aqui ao meu lado. Vou pegá-lo na minha bolsa e dar uma olhada.

– Não se incomode, eu digo: "Procura-se alguém que saiba turco. Pagamento satisfatório. Experiência não é importante. Dá-se preferência a não fumante".

– Sim, era mais ou menos assim.

– Não mais ou menos, era exatamente assim. Pois eu mesma o escrevi. Mas tem razão de perguntar. Afinal, saiu de casa a esta hora da noite e veio ao outro extremo da cidade, bateu à porta, uma empregada muda a abriu e foi forçada a conversar com uma idosa. Dá para perceber que está entediada, mas, como precisa de dinheiro, não consegue se levantar e ir embora.

– Não quis dizer isso.

– *Je sais*. De qualquer forma, estava brincando.

– Para falar a verdade, não entendi suas palavras espirituosas.

– Há sessenta anos de diferença entre nós, senhorita. Não é pouco. Tem que entender que o humor muda um pouco com o tempo, não é mesmo?

– Desculpe, mas não há ninguém melhor do que a senhora para mudar de assunto.

– Ao contrário, senhorita, estamos nos aproximando do assunto. Vou tentar ser mais clara. O que estamos fazendo agora?

– Como a senhora mesma disse, estamos conversando.

– Essa é a razão da sua vinda para trabalhar.

– O quê?

– Conversar.

– A senhora fez um anúncio para encontrar alguém para conversar?

– Não qualquer um, senhorita. Para encontrar alguém que falasse turco.

– Estou tentando entender.

– Permita-me ajudá-la. Esta mulher velha que você está vendo passou os anos mais excepcionais, mais lindos, mais angustiantes e estranhos de sua vida em Istambul. As convivências que tive lá ajudaram a me moldar. Em Istambul, cada passo que dava, cada respiro que soltava tinha um significado grande para mim. Mas agora estou velha, doente e não me resta muito tempo. E, para piorar, o olvido aos poucos começa...

– Perdão, o que começa?

– O olvido, *mademoiselle*... Quero dizer, hum, esquecimento... Acho que a minha língua está cheirando um pouco a naftalina. Afinal, aprendi turco há sessenta anos.

– Não tem problema, senhora Rosella, a senhora é muito bondosa.

– Não vai pegar seu café?

– Ah, não a tinha visto. Como ela veio silenciosamente... Obrigada, dona Zelda.

– Zelda, querida, faça o favor de fechar a porta ao sair, *bitte*...

– Não há outra pessoa da família dela que tenha se salvado?

– Supostamente, há um irmão. Ela não viu com seus próprios olhos a morte dele e não tem coragem de investigar o passado por medo de descobrir que ele foi morto. Como não sabe o que aconteceu, ainda tem a esperança de que o irmão esteja vivo em algum lugar.

– Que horror!

– Onde estávamos?

– Falando da senhora e de Istambul...

– Sim, os anos mais autênticos de minha vida passei em Istambul. Agora, na minha idade, quando tudo se apaga devagar, sabe qual é a única coisa que não tolero esquecer?

– Istambul?

– Resposta errada. Tente mais uma vez.

– Senhora Rosella, eu não gosto nem um pouco de adivinhações. Diga-me, por gentileza.

– O turco.

– O turco?

– Sim, o turco... Pois as lembranças daqueles anos vivem no turco, junto com o turco. Eu não sei quando a minha memória vai falhar totalmente, mas os médicos dizem que a qualquer momento pode haver uma piora muito rápida. Se eu esquecer o turco, tenho medo de que tudo o que vivi desapareça silenciosamente. É por isso que coloquei o anúncio...

– A senhora quer conversar em turco comigo?

– Sim... Não muito, se a senhorita vier um dia na semana será o suficiente. Sentamo-nos por duas horas e conversamos, como agora. Assim, eu também não esquecerei o turco. E é claro, também as vivências que me moldaram...

– E sobre o que conversaremos?

– Qualquer coisa... Sobre sua escola, o lugar onde mora, um gato que viu quando vinha para cá... O trabalhador na rua... As luzes das igrejas... Os últimos acontecimentos em Istambul... Sobre o que quiser... Basta que conversemos.

– Eu não sei, senhora Rosella.

– Nos seus olhos, não há tanto entusiasmo.

– Como disse, não sei.

– Não me dê uma resposta imediatamente. Pense um pouco. E, se não quiser, por favor, não aja com os sentimentos. Não haverá ressentimentos. Afinal, estamos fazendo um negócio, *n'est-ce pas*?

2

– Obrigada por aceitar. Tenho que admitir que, depois da nossa primeira conversa naquele dia, eu não tinha muita esperança.

– Por nada. Como a senhora mesma disse, eu preciso de dinheiro.

– Ofendi-a por ter dito isso?

– Eu não me ofendo tão facilmente, senhora Rosella. Não precisa se preocupar.

– É mesmo? Sua expressão diz completamente o contrário.

– Qual é minha expressão?

– Você é muito bonita.

– Imagine.

– Olha, você novamente enrubesceu...

– Não sei... Eu não me acho tão bonita assim.

– Você tem cabelos pretos e ondulados. Seus lábios são carnudos, sua fisionomia é pequena e delicada.

– Por favor, fico envergonhada.

– E o pior são os seus olhos.

– Por quê?

– Nos seus olhos há uma tristeza emocionante. Eles olham como pessoas que viveram coisas diversas.

– Que tipo de coisas?

– Diversas, *mademoiselle*... Ou seja, *mancherlei*... Várias...

– A senhora deveria ter se tornado uma escritora.

– Quem disse que eu não sou?

– A senhora é escritora?

– Qualquer um que chega a essa idade pode ser considerado um escritor, querida Pelin... Já escrevi minha autobiografia, depois, como dizem, começou a me machucar ler o que escrevia.

– Odeio escrever diários.

– Interessante. Mas por quê?

– É muito vergonhoso ler as coisas que você escreveu um ano atrás achando que eram muito lógicas, mas que parecem absurdas agora. Além disso, não é muito inteligente deixar documentos para trás.

– Exatamente, concordo com você.

– Quando descobrem que você escreve um diário, sempre aparece um amigo ou um parente morrendo de curiosidade para lê-lo. E, o pior de tudo, onde quer que o guarde, eles certamente o encontrarão e o lerão linha por linha. E depois é uma dor de cabeça danada.

– Parece que isso aconteceu com você.

– Sim, e o pior: várias vezes.

– Quem foi que achou o seu diário?

– Na maioria das vezes, o meu pai.

– É verdade, às vezes isso pode ficar muito perigoso.

– Sim, especialmente no caso do meu pai.

– Por quê? Como é o seu pai?

– Podemos não falar sobre esse assunto, senhora?

– *Mademoiselle*, vamos entrar num acordo sobre uma questão. Você não é obrigada a falar sobre absolutamente nada que não queira. Aliás, você não é obrigada nem mesmo a conversar. Em outras palavras, você não é obrigada a fazer este trabalho.

– Mas eu preciso de dinheiro, não é mesmo?

– Eu posso emprestar dinheiro a você.

– Mas a senhora nem me conhece.

– O que tem que eu não a conheço?

– E se eu não devolver o dinheiro?

– Eu não vou falir com o dinheiro que vou emprestar-lhe, querida Pelin... Aliás, não acho que tenho tempo de vida suficiente para gastar o meu dinheiro.

– Conversar com a senhora não me entedia.

– Você é muito gentil.

– Obrigada.

– De qualquer maneira, fiquei surpresa... A outra vez você saiu daqui correndo. É por isso que fiquei muito feliz quando ligou para dizer que aceitava.

– A senhora quer que eu seja sincera?

– Por favor... Todo o prazer deste trabalho consiste nisso.

– Tinha deixado meu celular aqui, lembra-se?

– *Mademoiselle*, a minha memória não é tão ruim quanto tinha dito.

– Então, voltei para pegá-lo...

– Sim, entendi.

– O quê?

– Quando você saiu daqui, percebeu que tinha deixado o aparelho com uma desconhecida. E esse fato a aborreceu. Você tocou a campainha e Zelda abriu a porta. Enquanto você subia as escadas, ouviu minha conversa, *n'est-ce pas*?

– Sim.

– Primeiro, você pensou que eu estava conversando sozinha. Depois, você se aproximou do quarto e ao olhar da porta viu que era Charlotte.

– Eu não tinha percebido antes.

– Ela é um pouco envergonhada quando se trata de conhecer pessoas. Ela não aparece imediatamente, se esconde nos quartos.

– E onde ela está agora?

– E quem sabe? Talvez esteja no jardim caçando insetos. Mas onde estávamos?

– Deixa pra lá, senhora Rosella.

– Ah, lembrei! Você olhou da porta do quarto e a cena que viu a emocionou. Uma velha que conversa com sua gata por causa da solidão...

– Senhora Rosella...

– Além disso, tudo que lhe falei despertou pena em você.

– Eu não sou uma pessoa tão sensível assim.

– "Está vendo, Charlotte, de novo ficamos sozinhas", eu dizia, sem dúvida.

– Eu não me lembro.

– "Ninguém quer passar tempo conosco, pois somos velhas" e coisas assim era o que eu dizia, provavelmente.

– Eu não me lembro.

– É claro que o seu coração se despedaçou ao ouvir essas coisas.

– Eu não gostaria que tivesse uma impressão errada sobre mim, senhora Rosella... Na verdade, eu não me sensibilizo tão facilmente. Não esquente a cabeça.

– Que disse?
– Ah, eis uma expressão nova para a senhora.
– Diga-a mais uma vez.
– Não esquente a cabeça.
– Precisamente o que isso quer dizer?
– Significa não fique triste, não se preocupe.
– E essa é uma expressão popular?
– Na gíria dos jovens, sim.
– Há outras expressões como essa?
– Tenho certeza de que não quer ouvi-las.

– Ao contrário, ficaria contente em ouvir... No tocante à língua, o Aldo sempre foi bem mais conservador que eu. Mas eu, por alguma razão, acho expressões assim engraçadas.

– Porque é uma mulher muito "maneira".
– Uma mulher como?

– Uma mulher "maneira". Em outras palavras, amigável, legal...

– Já temos duas expressões novas.
– Exato. Devagarzinho estamos nos soltando.
– Sim... Mas onde estávamos?
– Não é importante, senhora Rosella. Deixa pra lá.

– Lembrei... Quando você me viu falando com o gato por causa da solidão, teve pena... Depois, você foi para sua casa e, ao ligar ao que você viu com suas necessidades, decidiu que era sensato aceitar o trabalho.

– Retifico. A senhora deveria ser uma roteirista, senhora. Rosella.

– Mas por que você está sorrindo?
– Você é muito fofa.

– Mas quem disse que ao mesmo tempo não sou uma atriz?

– Por exemplo?

– Eu não percebi que você deixou o celular... Ouvi você subir as escadas e se aproximar do quarto. E, depois, para você ficar triste, fiz uma cena fingida junto com o gato. Não pode ser?

– Pode ser, sim.

– Você acreditou no truque da mulher idosa e está aqui agora.

– Eu disse que você é fofa.

– É muito bom vê-la sorrindo.

– Obrigada.

– Quando você sorri, seus olhos se fecham, nas suas bochechas aparecem algumas linhas que ficam bem em você. Tenho certeza de que tem muitos admiradores.

– Na verdade, se pudermos adiar esse assunto um pouco, seria melhor.

– Tudo bem, *mademoiselle*, não esquente a cabeça.

– Muito bem, senhora Rosella! Aprende rápido!

– Ora, é muito gentileza sua dizer isso.

3

– Conheci o Aldo em 1936. Você pode imaginar?

– Há tanto tempo... é difícil de imaginar, para dizer a verdade.

– Quanto a mim, é como se tivesse sido ontem... A velhice é assim... Você nem sequer se lembra do que comeu ontem à noite, mas no que diz respeito ao início do século passado tudo é vívido.

– Tenho certeza de que poderá dizer como o conheceu também.

– Estou parecendo muito entusiasmada?

– Afinal, o nosso trabalho não é conversar?

– Exato... Para início de conversa, dê uma olhada na foto que está naquela parede.

– Não acredito...

– Levante-se, olhe de perto, se quiser.

– Não acredito, senhora Rosella, como a senhora era bonita!

– O meu cabelo era muito bonito, não é?

– Não é somente o seu cabelo. Sua pele, seus olhos, seu olhar...

– Pois é... O tempo é muito cruel...

– Não quis dizer isso. Mas com certeza o senhor Aldo, ao vê-la, se amarrou em você.

– Se amarrou?

– Ou seja, se apaixonou.

– Acho que não gostei muito dessa expressão.

– Na verdade, eu também não gosto dela; fará bem em esquecê-la.

– Mas entre nós, sim, realmente ele se apaixonou. Eu tinha começado o ginásio. E nos meus tempos livres ia para o clube da cidade jogar tênis. O meu sonho era participar de Wimbledon e ser uma campeã. Eram os sonhos de uma criança.

– Agora entendi.

– O quê, *mademoiselle*?

– No primeiro dia em que vim, a senhora não estava assistindo a uma partida de tênis na televisão?

– Ah, sim.

– E era a partida entre Sabatini e Graff de 1991.

– Você gosta de tênis?

– Essa é uma das várias coisas que fiz com paixão na vida. Eu jogava todos os dias quando estava no ensino médio.

– E depois?

– E depois o quê?

– Quero dizer, por que você parou?

– Deixa pra lá, senhora Rosella... Essas são histórias sem graça.

– Querida Pelin, não há ninguém melhor do que você para despertar *curiosité*.

– Despertar o quê?

– Curiosidade...

– Eu não disse para despertar sua curiosidade... Falar sobre determinadas coisas machuca algumas pessoas, não é verdade?

– Ah, não há ninguém melhor do que eu para saber disso.

– Mas mesmo assim, quer contar.

– Nossas situações são diferentes, *mademoiselle*... Você é jovem. Você está à beira de todas as possibilidades. Quanto a mim, já não me resta nenhuma possibilidade. A única coisa que posso fazer é contar e buscar consolo nas minhas lembranças.

– Estou pronta para ouvir.

– Sim... Você é uma ouvinte profissional.

– Certamente... Bem, estávamos falando do clube de tênis...

– Realmente, eu era o tesouro do clube... Porque os rapazes da Universidade de Berlim eram amarrados em mim naquela época.

– Hahaha...

– Por quê? Não ficou bem?

– Claro que ficou legal, senhora Rosella. A expressão "amarrar-se" nunca foi pronunciada de uma maneira tão doce como agora. Continue, por favor.

– As arquibancadas de repente se enchiam quando era a minha vez de jogar... Não somente de garotos, mas também de meninas do ginásio...

– Elas iam para aproveitar.

– Bem... também se pode dizer assim. Elas estavam lá para se aproveitar dos que iam sobrar, porque sabiam que eu sozinha não ia dar conta de todo mundo. Eu era um "apito de pato" que atraía os jovens. Você conhece o apito de pato?

– Não, nunca ouvi a respeito.

– Provavelmente você não sabe muita coisa de caça.

– Contanto que os que são caçados sejam animais, não?

– *Mademoiselle*, você está se tornando uma mulher cada vez mais interessante na minha percepção.

– Que bom.

– Enfim, onde estávamos?

– Você era o apito do caçador.

– Ah sim, você conhece?

– Não, não conheço, senhora Rosella.

– Considerando o formato, é algo que se parece com um pato. Você apita, os patinhos aparecem e você pode caçá-los. Na nossa época não havia fabricação de apitos como há hoje em dia. Os caçadores esculpiam no bambu os seus próprios apitos.

– Agora fiquei curiosa.

– Ainda devo ter os apitos do Aldo. Uma outra hora lhe mostro. Eu também agia como se fosse "apito de pato". Quando ia jogar tênis, todos os rapazes bonitos vinham à tona.

– Senhora Rosella, posso perguntar algo?

– Percebo um tom de brincadeira na sua voz.

– Você não vai se zangar?

– Você já me viu ficar zangada?

– Ainda não vi... Se tivesse visto, não ficaria receosa como agora. Mas, se eu não perguntar, depois vou morrer de curiosidade.

– Pode perguntar, estou ouvindo.

– Você era namoradeira?

– Namoradeira?

– Sim...

– Em que sentido?

– Quantos significados tem "namoradeira"?

– Na Alemanha daquela época, essa palavra tinha mais de um significado... Além disso, seu sentido mudava quando usado por homens ou por mulheres... Especialmente quando alguém pertencia a uma família judia como eu, na qual seguir tradições era essencial, havia sempre um *grenzlinie* convidando você a ser comportada, ou seja, havia sempre um limite... Mas Deus sabe que sempre gostei de forçar aquele limite.

– Então, era uma namoradeira!

– Eu não sei... Por exemplo, encontrar-se às escondidas nas noites, beijar debaixo das árvores, receber afagos no cabelo podem ser considerados como sendo namoradeira agora?

– Não.

– E quanto às cartas dadas em segredo, às canções dedicadas a você, ao poema lido embaixo da varanda?

– Isso depende com quantas pessoas você faz isso.

– ...

– ...

– *Mademoiselle*, me admiro de sua audácia.

– Estou sendo mandada embora?

– Não sei o que está tentando me fazer dizer, mas, em poucas palavras, sim. Eu sempre gostei dos homens. Mas não somente da aparência deles. Eu gostava de ser amada por eles, gostava do carinho deles, de suas atitudes infantis, de sua postura protetora ao meu lado. Agora, por favor, olhe para a outra foto na parede.

– Eu olhei para ele no primeiro dia em que vim. Deve ser o senhor Aldo...

– Como ele é? Você acha que ele é bonito?

– Não é nada mal.

– Por favor, sejamos sinceras.

– Bem... mais ou menos...

– Um rosto pequeno, olhos redondos, cabelos que começaram a cair naquela idade... Na sua opinião, ele parece o príncipe que encantou a moça mais linda do clube de tênis?

– Não, não parece.

– No entanto, eu o desejei. Entre os garotos que pareciam Johnny Weissmuller... Sabe por quê?

– Eu gostaria muito de saber, senhora Rosella.

– Eu o preferi, pois somente ele quis me conhecer de verdade... Somente ele viu o que tinha dentro de mim...

– ...

– Você devaneou... Que houve?

– Nada, estou ouvindo.

– Eu que estou errada, ou os seus olhos se encheram de lágrimas?

– Não sei.

– Mas não faça assim, por favor. Além disso, nem chegamos ao ponto mais emocionante da história.

– Senhora Rosella, vou indo.

– Como?

– Bem, está ficando tarde, com sua licença, vou embora.

– Está bem, *mademoiselle*... Pode ir... Por favor, não esqueça que vou esperar ansiosamente pela quinta-feira. Ao sair, você poderia fazer a gentileza de dizer a Zelda que traga meus remédios? Vou me deitar cedo esta noite.

4

– Senhorita, você está para baixo...

– Eu não sei... Hoje estou me sentindo entediada.

– Se você quiser, posso lhe dar férias.

– Não, não é preciso.

– Não gostaria de me contar?

– O quê?

– O que for.

– Não há nada para contar, senhora Rosella. Já faz alguns dias que estou assim. Talvez seja por causa da chuva...

– Sim, uma chuva que parece que nunca vai acabar.

– Na verdade, eu gosto quando o tempo está assim...

– Como foi a sua semana?

– Como sempre...

– Mas eu não sei o que você sempre faz.

– Quero dizer, fui à escola. Frequentei as aulas...

– Qual faculdade você faz mesmo?

– Você não pode ter esquecido, pois eu nunca o disse. Literatura francesa. Estou no segundo ano.

– Você gosta de literatura francesa?

– Eu não tenho nenhum problema com a escola, mas...

– Você não gosta desta cidade.

– Está tão claro assim?

– *Mademoiselle,* você é istambulita. Aqui é uma cidade europeia calma, enfeitada e sem vida demais para istambulitas. Civilizada demais... Mesmo na minha época era um problema acostumar-se aqui após deixar o Bósforo. Acredito que agora a diferença entre as duas deve ter aumentado.

– Não tenha dúvida disso.

– Posso perguntar onde você mora?

– Porque talvez eu possa fugir?

– Não, talvez você precise de alguma coisa.

– Estou morando no dormitório de estudantes, junto com uma garota belga sem juízo.

– Vocês não se dão bem?

– Não é possível, pois a idiota pensa que todos que são do Oriente Médio são homens ou mulheres-bomba em potencial.

– Ai que vergonha!

– Não posso chamá-la de idiota?

– Não, é claro que pode... Quis dizer as coisas que essa menina pensa...

– A senhora sabia que ela fez um requerimento para mudar de quarto?

– Puxa vida... Mas o que houve?

– Não aceitaram. Provavelmente ficaram com medo de passarem por racistas por causa de uma idiota. Para falar a verdade, não estou nem aí. Queria que eles tivessem aceitado. Assim eu poderia ter me livrado dela.

– O Aldo tinha um dito: ele dizia que as pessoas vão para Londres, Paris ou Florença para estudar... Mas as pessoas são *enviadas* a estas cidades.

– Ele disse corretamente.

– Você também foi enviada para cá?

– Senhora Rosella, o assunto do dia é sua história.

– Tudo bem... Onde paramos?

– O que o senhor Aldo fazia para ganhar a vida?

– Ele era cientista... Um endocrinólogo...

– Um o quê?

– Endocrinólogo, *mademoiselle*... Um ramo da ciência que investiga os hormônios...

– Em outras palavras, importante...

– Você já ouviu falar de Tadeus Reichstein?

– Não. Sou superignorante.

– Nem um pouco... Junto com o meu Aldo ele buscou um remédio para tratar a doença de Addison. Eles tentavam isolar a raiz ativa do córtex de adrenalina que eles acreditavam que alongava a vida das vítimas dessa doença...

– Senhora Rosella...

– Acho que você não entendeu, não é?

– Perdão...

– Deixe para lá. Eu também demorei a entender, gastei anos. Enfim, eles conseguiram isolar certos hormônios após anos de pesquisa de laboratório e um deles foi chamado de cortisona.

– Ah é? Verdade?

– Sim. Ou seja, essa famosa cortisona foi obra deles...

– Se fosse eu, me sentiria muito orgulhosa.

– Eu também... Mas ele não demonstrou muito entusiasmo. O meu querido Aldo não tinha sentimentos extravagantes. Ele era sempre temperado.

– Na verdade, ao olhar para a foto dele, isso fica um pouco claro. Um cientista por completo.

– Sim, completo.

– Foi no clube de tênis que vocês se conheceram?

– Não me lembro vividamente do momento em que nos conhecemos. Você vai concordar que ele não tinha uma aparência atraente e chamativa. Amigos em comum devem ter nos apresentado. Para mim, o que vale é a autenticidade, querida Pelin. Tenho uma habilidade concedida por Deus para distinguir o falso do verdadeiro. Acho que estava aborrecida com todos os filhos de papai, imitadores de Weissmuller, que tinham mentes vazias.

– Senhora Rosella, perdoe minha ignorância, mas você o mencionou pela segunda vez, quem era esse Weissmuller?

– Você nunca ouviu falar dele?

– Infelizmente.

– Johnny Weissmuller foi o primeiro ator que atuou como Tarzan no cinema. Ao mesmo tempo ele foi um nadador campeão nas Olimpíadas. Ele foi o deus da nossa juventude... Atualmente a quem o poderíamos comparar, por exemplo?

– Clooney?

– Não, deve ser alguém mais ágil.

– Tom Cruise?

– Ora, esqueça essa criatura risonha...

– Brad Pitt?

– Hmm... também não.

– Arnold?

– O que é governador atualmente?

– Sim...

– Talvez... Sim! Ele era o Arnold da nossa juventude... Tanto bonito quanto atlético... Por não ser alternativo demais, todas as garotas caíam aos seus pés...

– Mas você não desmaiava por ele.

– Não, pessoalmente, o meu favorito de todos os tempos sempre foi Brad Pitt.

– Ah, eu deveria ter adivinhado.

– Brincadeiras à parte, me encontrei umas duas vezes com o Aldo para tomar café da manhã e me senti supertranquila...Parecia que a tranquilidade estava fluindo de sua alma para a minha. Quando estava a seu lado, parecia que não havia nada de errado no mundo, como se fosse tudo perfeito e estivesse no seu devido lugar. E ele sabia ler os poemas de Rilke. Naqueles anos isso era uma habilidade importante. Você conhece Rilke?

– "A solidão parece a chuva, que surge à noite junto com o mar..."

– Sabe...

– Senhora Rosella, não me subestime tanto assim.

– Vou me lembrar disso.

– Por favor.

– Aldo toda manhã lia um poema novo para mim. Vou lhe perguntar: o que se pode fazer contra alguém que lê os poemas de Rilke[2] ao acordar?

– Se você estiver falando das garotas de hoje em dia, elas podem bocejar, por exemplo.

---

2 Rainer Maria von Rilke (1875-1926), nascido em Praga, foi um dos maiores poetas da língua alemã. (N.T.)

– Pode acreditar que não era muito diferente no passado. Eu acho que uma das razões para ele gostar de passar tempo comigo era isso.

– Ele também era estudante?

– Sim. Ele tinha vindo de Istambul para estudar medicina, era um judeu sefardita... Ele era sete anos mais velho do que eu. Como disse, ele era maduro, carinhoso, pronto a escutar... Você não se sentia como um enfeite ao seu lado.

– E vocês se apaixonaram.

– Algo além da paixão... Do fundo da minha alma eu sentia algo muito forte que me unia a ele... Ele era meu pai, meu filho, meu melhor amigo e meu irmão mais velho... Ele inspirava confiança, sempre. Ao seu lado a vida consistia em quietude.

– Queria tê-lo conhecido.

– Tenha certeza que você ia gostar muito dele.

– Vocês se casaram logo?

– O Aldo não era um jovem muito ágil, como você pode imaginar... Como eu tinha receio de levar isso adiante, progredimos bem devagar e com cuidado. Finalmente numa manhã de primavera, ele me convidou para um passeio de barco no rio. Depois de uma hora e meia remando e falando coisas corriqueiras, ele ficou tão cansado que eu temi que ele fosse desmaiar antes de me pedir em namoro... Ainda bem que no final ele se saiu bem... Depois minha família ficou em dúvida, claro. Talvez você saiba, nós, judeus asquenazes, somos distantes dos sefarditas de Istambul. Na verdade, a diferença não é muito importante, mas o meu pai tinha em mente alguns pretendentes. Ele queria me casar com um judeu alemão, engenheiro, que o fazia lembrar de sua juventude. Por essa razão, eles demoraram a se acostumar com a ideia de um genro istambulita. É claro que o jeito calmo e maduro influenciou no resultado.

– Ou seja, ele cativou o seu pai.

– No sentido de persuadir?

– Exato.

– Ah, minha querida Zelda, você chegou na hora certa. Nossas bocas estão secas. Não conseguimos fazer você tomar esse chá forte, *mademoiselle*.

– Eu não gosto de chá, senhora Rosella. Me deixa nervosa.

– Cigarro?

– Fumo, mas é muito raro...

– Fique à vontade, você pode fumar aqui. Na minha situação, um ou dois cigarros fumados perto de mim não têm mais importância.

– Não fale assim.

– Realmente, você tem razão. Não adianta ser uma coruja tristonha. Nessa gaveta tem cigarros de cravo, *si vous voulez*.

– Obrigada. Na verdade, cigarro me faz sentir mal.

– Tontura?

– Não, outra coisa. Sinceramente, nem eu consigo explicar. Aliás, eu nunca vi outra pessoa que tivesse a mesma sensação. Ao fumar eu fico entediada. Inicia uma sensação de pânico e culpa. Uma coisa absurda.

– Talvez um freudiano encontre uma explicação para isso.

– Ah, pelo amor de Deus, nos últimos anos me tornei viciada em Freud.

– Freud... Viciada...

– Digo, eu já fui a muitos psicólogos.

– Não gostaria de falar sobre isso?

– Agora não, senhora Rosella... Talvez num outro dia.

– Bom... Onde estávamos?

– Você estava convencendo o seu pai.

– Sim, o dia do nosso casamento foi tão lindo... Ao caminhar pela Kurfürstendamm de manhã, era como se eu estivesse voando. Da mesma forma, naquele dia o Aldo estava entusiasmado como uma criança... Houve uma pequena discórdia entre os parentes que vieram de Istambul e a gente, especialmente sobre a preferência musical, mas isso só foi um mero detalhe. Aqueles que não gostaram dos seus parentes novos anteriormente terminaram abraçados com eles no fim da noite. Estávamos extremamente felizes e achávamos que a felicidade duraria para sempre.

– E isso não durou?

– *Ja, leider*... Não durou...

– E o que aconteceu?

– Na vida tudo é recíproco, senhorita...

– Como assim?

– Antes de continuar ouvindo, você também precisa contar algumas coisas um pouco. Não dá para ter uma conversa unilateral assim.

– ?..

– Sim, estou ouvindo.

– Você está tentando me encurralar?

– Não, seria bom se você falasse um pouco de você. Se não, vou começar a duvidar que estou parecendo uma velha louca.

– Eu não gosto de falar de mim mesma, senhora Rosella.

– E por que isso?

– Além disso, não há muito que falar sobre mim...

– Todos têm uma história, querida Pelin... Mas, como a Zelda apareceu à porta com a bandeja de remédio, deve estar muito tarde. É melhor você pensar um pouco. Minha proposta é bem clara; se na próxima vez você vier para cá com o seu mundo no bolso, você ouvirá o resto da história.

– Vejo que tem habilidade para o comércio, senhora Rosella.

– Eu sou judia, querida Pelin.

– Então, tchau...

– *Auf Wiedersehen*!

5

– Sim, senhorita, estou ouvindo.

– Você não desiste?

– Fizemos um acordo.

– Mas não por escrito.

– Para um judeu, a confiança é tudo. Quando você promete algo, tem que cumprir. E você prometeu.

– Então o que devo fazer?

– Fale de si mesma.

– Não estou acostumada a falar de mim mesma.

– Então vou ajudá-la. Você gosta de homens?

– Nossa... Isso foi muito repentino.

– Não gosta?

– Senhora Rosella, esse não é um assunto um tanto particular?

– Você quer que eu continue com minha história?

– Para falar a verdade, sim.

– Nesse caso, conte-me. Fale de si mesma. Você é bonita demais para ficar sozinha. Você tem namorado?

– ...

– Não tem?

– Na verdade, não se pode dizer que não tenho.

– Como assim?

– Tem um garoto grego na escola.

– Bonito?

– Sim... Quero dizer, considerado bonito.

– Vocês estão saindo?

– Às vezes você diz coisas que não se acreditaria de alguém que faz sessenta anos que não vai a Istambul.

– Há uma coisa chamada televisão, *mademoiselle*.... Por causa da antena parabólica os canais turcos pegam muito bem. Ocasionalmente eu assisto. Especialmente a filmes. Mas depois de uma hora, minha cabeça começa a doer.

– Então por que precisa de mim?

– A televisão não pode conversar comigo. Mas você pode conversar... Sim, você falava do jovem grego. Vocês estão saindo?

– Ainda não é certo...

– Ou seja, ele está interessado em você, não é? E qual é o seu nome?

– Dimitri.

– Ele também é estudante?

– Sim... Ele é filho de um armador grego.

– Você quer dizer que ele é bonito e rico. O que vocês fazem juntos?

– Ainda não começamos a fazer nada, senhora Rosella... Estamos tentando nos conhecer.

– *Schön*... E quanto aos outros?

– Outros?

– Se o herdeiro bonito de um armador grego está

atrás de você e você ainda está em dúvida, isso quer dizer que há outros pretendentes.

– Ai ai ai...

– Não tem?

– Tem... tem, sim.

– Vamos, conte-me então. Você vai me matar de curiosidade!

– Há um russo.

– Russo? Que romântico! Qual é o seu nome?

– Ivan.

– Ah, para ser sincera, esse é um nome que não me agrada... Mas os russos gostam muito das mulheres do mediterrâneo. Especialmente de beldades como você...

– Ah, é gentileza sua...

– Sim, conte-me sobre Ivan... Como é a sua aparência? Seu físico, seu rosto?

– É loiro, alto... Ou seja, típico eslavo.

– O que ele fez para convencê-la?

– Para me conquistar?

– Hoje em dia é assim que se diz?

– Sim.

– O que ele fez para conquistá-la?

– No fim de semana passado ele me convidou a ficar com ele num hotel à beira de um lago.

– O quê? Um russo completo... Decidido e insolente. Você aceitou?

– É claro que não...

– Oh... Por um instante temi por você... *Mademoiselle*, por favor, tome cuidado em situações como essas... Se já na primeira proposta ele foi tão audacioso, isso quer dizer que há duas possibilidades. Ou ele a está vendo como uma aventura comum ou posteriormente ele virá com propostas muito mais estranhas.

– Tipo o quê?

– Isso eu deixo para sua imaginação.

– Por ele ser russo?

– Não, por ser homem.

– Imagine, senhora Rosella...

– Não dê risada... Quem fala aqui é a experiência em pessoa...

– Tenho muito respeito por isso.

– Diga-me a verdade... Você foi ao hotel?

– Já disse que não fui. Aliás, eu não consigo me sentir à vontade nesta cidade, ao contrário do que você pensa.

– Por quê?

– Porque alguém está me seguindo.

– Meu Deus! Mais um homem?

– Não... Quero dizer, sim, claro que também é um homem, não por gostar de mim, mas porque meu pai quis que ele me seguisse.

– Sério?

– Sim... O meu pai tem hotéis na Turquia... Graças às suas relações no mercado de turismo, a mão dele se estende até aqui. Eu acho que pediu para um amigo para colocar alguém atrás de mim. Assim que eu saio da escola, um cara começa a me seguir e não desiste até que eu chegue ao dormitório.

– Tem certeza que é assim?

– Sim. O meu próprio pai me disse que isso é para cuidar de mim. Isso não cola. Ele acha que eu sou tão burra que não vejo que ele está me vigiando com um controle remoto de longe.

– Isso é extremamente desagradável...

– E como...

– Mas e a sua mãe?

– Eu não tenho mãe.

– Puxa vida...

– Ela não morreu, não se preocupe. Mas quando eu tinha dois anos ela se apaixonou por outro e nos abandonou.

– Sinto muito.

– Não fique triste. Com o tempo eu aprendi a não ficar triste. Eis uma solução que o meu pai encontrou por não querer que sua única filha seja presa fácil num país estrangeiro.

– Só um instante... Quando você estava vindo para cá ele também a seguiu?

– É claro...

– *Mein Gott*! E onde ele está agora?

– Não sei... Ah, ei-lo ali... À espera debaixo da árvore.

– Deixe-me ver... É aquele alto e magro?

– Exatamente.

– Mas está chovendo.

– E o que tem?

– O pobre garoto vai se molhar.

– Parece que ele ganha uma boa grana, considerando que está esperando embaixo da chuva.

– Devo dizer a Zelda que dê ao pobrezinho um pouco de chá?

– Não, imagine...

– Mas olhe! Ele está molhado.

– E daí, senhora Rosella? Ele tem que aguentar as dificuldades, se aceitou esse tipo de trabalho.

– Você não tem compaixão.

– Nem um pouco.

– Você é quem sabe... Aliás, você tem razão... De repente ele vai invadir a nossa casa. Ai, fiquei com medo agora.

– Não se preocupe, eu não acho que ele seja perigoso.

– Tem certeza?

– Quero dizer, provavelmente não é.

– *Fräulein*, você não sabe o quanto estou aliviada...

– Senão você iria me despedir?

– Qual é a relação? Onde paramos mesmo?

– Tampouco me lembro...

– Ah, sim, o russo... Ivan... Houve outra tentativa dele?

– Até o momento não.

– E quanto aos outros?

– O alemão?

– O quê? Há também um alemão?

– Ele ainda não entrou em ação... Ele é professor universitário... Professor assistente. Não é tão bonito quanto os outros, mas, com a maturidade da sua idade, ele sabe se aproximar mais da alma feminina.

– O que ele faz?

– Ele escreve e me manda cartas longas com uma caligrafia perfeita.

– Ele escreve do seu amor?

– Na verdade não... São ensaios sobre a vida e o amor.

– Bem esperto...

– Na minha opinião, é conversa fiada.

– Fiada?

– Ou seja... palavras sem conteúdo...

– E o que você responde?

– Eu leio suas cartas, faço anotações e mando-as de volta para ele como se fossem minhas resenhas literárias.

– Você é cruel.

– Não, senhora... Ele é quem quer brincar. Eu somente participo dessa conversa fiada.

– E o que você fará? Você vai namorar os três?

– Senhora Rosella, posso ver que ficou mais entusiasmada.

– Sim, um pouco...

– Então agora é preciso que você conte um pouco... Isso se você quer que eu continue falando de mim.

– Isso é uma retaliação?

– Parece que sim.

– E se eu não aceitar?

– Nós duas vamos ficar sem saber o resto da história. Somente o silêncio ganhará.

– Somente o silêncio ganhará... Senhorita, gostei dessa frase. Vamos anotá-la. Aliás, se você quiser, ela será a nossa frase de hoje.

6

– Bem-vinda, querida Pelin... Eu vejo que o seu detetive de primeira já está agindo...

– Sim, ele gostou muito de ficar debaixo da árvore... Sabe que por fim eu descobri quem é...

– Não diga! E quem é?

– Não vou dizer. Antes, você que vai me contar.

– Mas...

– Sim, estou ouvindo.

– O que pode acontecer se você disser?

– Foi a senhora que estabeleceu as regras.

– Está bem... Onde paramos?

– Nos primeiros dias do seu casamento...

– Nossos primeiros anos...

– Sim, nos seus primeiros anos...

– Foram extremamente sossegados... O Aldo trabalhava como assistente na universidade, e eu educava a nossa filha, Tânia, que nasceu um ano após o nosso matrimônio. Tânia era uma menina linda, alegre e cheia de saúde... Apesar de ter nascido dois meses prematuramente, ela abraçava os meus seios e a vida com um grande apetite. Ainda por cima, o meu pai, que se dava bem com o Aldo, ajudava-nos financeiramente... Como você pode ver, estávamos à beira da "pintura de felicidade" que o poeta pediu que Abidin Dino[3] fizesse. Mas logo depois as nuvens do destino começaram a escurecer o nosso lar...

– Deve ser Adolf Hitler.

– Sim. Você gosta de história?

– Na verdade, não muito. Mas sua história é tão excitante que quis saber o resto e fui pesquisar no Google. Sabendo que é judia e pensando na época em que a história se passou, não foi difícil adivinhar o que a oprimiu tanto.

– Então talvez você já deva ter ouvido falar da Noite de Cristal.

– Não.

– Gostaria de ouvir?

– Sem dúvida.

– Então, por favor, feche seus olhos.

– Por quê?

– Não faça perguntas. Eu disse para fechar.

– Está bem.

– Fechou-os bem?

– Sim.

– Primeiro imagine uma janela... Como a vitrine de uma loja ou a fachada de uma estufa de flores...

3 Alusão a Nâzım Hikmet (1902-1963) poeta comunista, dramaturgo e romancista turco. Abidin Dino (1913-1993) famoso artista e pintor turco. (N.T.)

– Hmm...

– Está enxergando?

– Estou.

– De repente a janela estoura!

– O quê?

– Estoura! Explode! Ou seja, se quebra em pedacinhos... Com um estrépito incrível... Você consegue imaginar?

– Sim... sim...

– Depois pense em milhares de vitrines... Essas imagens estão ficando vívidas na sua imaginação?

– Milhares...

– Tudo explode com os tijolos caindo de cima... Na escuridão da noite, há um grupo enlouquecido de raiva queimando as lojas e os prédios...

– Como num filme.

– Sim, um desastre terrível, gritos ensurdecedores, casas em chamas torrando, lojas e esperanças... Uma fumaça de mau agouro que se eleva aos céus... E eu lhe asseguro que isso não é um filme.

– Foram os nazistas que fizeram isso?

– As lojas, as sinagogas e as escolas estavam sendo queimadas e destruídas... Naquela noite fria de novembro, os cacos de vidro enchiam de tal forma toda parte que as ruas brilhavam sob a luz da lua. Uma cena de tirar o fôlego... É por isso que esse momento obscuro é lembrado como "A Noite de Cristal"... Depois daquele dia não houve mais possibilidade de um judeu se sentir seguro na Alemanha.

– É por isso que foi para Istambul?

– Na realidade, foi ideia do meu pai... Porque o governo nazista responsabilizou os judeus pelos acontecimentos e, com a desculpa de indenização, criou impostos absurdos. Mandavam aqueles que não podiam pagar para os campos de concentração. Sendo assim, meu pai quis que nós fôssemos para a casa dos parentes do Aldo em Istambul antes que as condições piorassem. Especialmente pensava na segurança de sua neta. Planejou tudo junto com o Aldo. No começo de março eu ia pegar um trem com minha filha e partir em direção a Istambul. E o Aldo viria para participar de uma palestra na universidade onde você estuda agora.

– Que palestra é essa? Não podia deixar de participar?

– Senhorita, se você conhecesse o Aldo não ficaria tão surpresa... Ele estava apaixonado em primeiro lugar pelo seu trabalho, e depois por mim... Nunca critiquei isso... Porque ele tinha insinuado desde o começo que seu trabalho vinha antes de tudo... Eu o aceitei assim. Nem se os nazistas ou todos os diabos do inferno viessem não conseguiríamos fazê-lo desistir de ir a essa palestra...

– Entendo.

– Além disso, ele tinha feito o seu dever... Os bilhetes, o trem e Istambul estavam prontos... Após o término da palestra ele iria para Istambul ficar conosco. Tudo isso se realizou graças aos esforços do amigo istambulita da família, Sami Günzberg, que foi o dentista do Atatürk[4] também, e graças ao Aldo que gastou tudo que tinha em sua posse. Os impostos tinham acabado com o meu pai. Na estação de Berlim dissemos um para o outro que íamos olhar para as águas do Bósforo em uma ou duas semanas.

---

4 Mustafa Kemal Atatürk (1881-1938), oficial revolucionário, fundador da República da Turquia e seu primeiro presidente. (N.T.)

– Que bom...

– O Aldo disse que estava em contato com as universidades de Istambul e estava quase sendo aceito para o corpo docente. Naquela época as escolas turcas abriram as portas para os judeus, particularmente para especialistas em ciências exatas.

– Tudo ocorreu bem?

– Não tão bem… Uma semana após chegarmos a Istambul, os batalhões alemães já tinham partido em direção a Tchecoslováquia... Hitler estava prestes a invadir a Polônia. As estradas entre esta cidade e Istambul ficaram totalmente perigosas de repente.

– E como o senhor Aldo chegou a Istambul?

– Aí é que está o problema... Ele não conseguiu chegar.

– Então como vocês se viram?

– Não conseguimos nos ver.

– Mas a guerra durou cinco anos.

– Sim.

– Não diga, senhora Rosella, não pode ser..

– Mas foi, *mademoiselle*, infelizmente... Até terminar a guerra, não pudemos nos ver.

7

– Senhora Rosella, hoje tenho algo a perguntar-lhe.

– Eu também tenho algo a perguntar-lhe.

– Então pergunte a senhora primeiro.

– Não, antes você.

– Está bem. Desculpe a minha curiosidade, mas o que aconteceu com os seus pais ao vir para Istambul?

– O que pode ter acontecido?

– Tenho medo de arriscar um palpite.

– Você nunca assistiu a um filme sobre a Segunda Guerra Mundial? Especialmente sobre os que foram aos campos de concentração?

– Ah, senhora Rosella, sinto muito.

– De qualquer forma, o que aconteceu, aconteceu, quem se foi, se foi. Não vamos nos aborrecer. Eu também posso fazer minha pergunta?

– Pois não...

– O seu pai tem hotéis, não é?

– Sim.

– Quero dizer, sua família deve ser rica.

– Sim, quero dizer, um tanto...

– Então?

– Então o quê?

– Você não deve ter problemas financeiros. Por que veio para cá para bater papo com uma velha e aguentar seus problemas?

– É uma boa pergunta.

– Você respondeu como os políticos. Quando um político diz "boa pergunta", na verdade significa "que maldição, será que não tinha outra perguntar para fazer?"

– Hahaha...

– Como é bonita sua risada.

– Obrigada.

– Obviamente o rubor de suas bochechas também. Deve arrasar o coração dos rapazes.

– Senhora Rosella, por favor.

– Mas e a sua resposta?

– Em primeiro lugar, conversar com a senhora não é uma dificuldade para mim. Por favor, acredite em mim. Quero dizer, talvez no começo tenha pensado que ia ser difícil, mas agora mal consigo esperar pelo nosso encontro.

– Fiquei muito feliz em ouvir isso.

– Em segundo lugar, a minha relação com o meu pai não é muito boa. Após minha mãe ter partido, muitas mulheres entraram na vida dele. Aliás, ele até noivou com algumas. Mas nenhuma delas conseguiu gostar de mim.

– Por quê?

– Na verdade, eu não as culpo. Porque sempre fui uma criança detestável por descontar nelas a dor pela minha mãe. Claro que isso influenciou a vida do meu pai negativamente. As pobres mulheres se esforçavam muito para não mostrar seu ódio contra mim, nem imagina. De um lado, a riqueza do meu pai, de outro, a filha insuportável dele, ou seja, eu... Imagine o que eu fazia para fazê-las desistir de tudo.

– Por exemplo?

– Primeiro causava pequenas complicações. Quando vi que isso funcionava, fui exagerando a dose com o tempo. E depois aconteciam as crises durante refeições nos restaurantes, depressões nas viagens, resultando em me trancar no quarto, por aí vai... Consegui até produzir uma ou duas cenas de suicídio.

– Queria ver.

– Tenho certeza de que você não ia querer ver.

– Como você tentou se suicidar?

– Tomar remédio era o meu método mais clássico. Com o tempo fiquei tão experiente que até com os olhos fechados acertava a dose suficiente para ser levada ao hospital para fazer lavagem de estômago. Após um tempo as mulheres ficavam tão nervosas que a relação delas com o meu pai começava a fracassar. O meu pai também se cansava delas por serem tão nervosas e estressadas. E quando eu conseguia deixá-los assim, assistia a tudo com olhar inocente, como se não tivesse sido eu quem causara tudo.

– Enquanto você conta a sua história, vai ficar brava se eu não me segurar e der risada?

– Não, por que ficaria brava? Agora isso parece cômico para mim também. É claro que do ponto de vista do meu pai não havia nada de engraçado...

– Você nunca conversou com ele sobre esse assunto pessoalmente?

– Algumas vezes ele tentou falar comigo cara a cara, como os pais compreensivos nos seriados americanos. Mas eu sabia o que queria, nunca dei um passo atrás.

– E...

– E no final eis-me aqui.

– Ou seja, você foi mandada para cá.

– Exato... Como o senhor Aldo disse, atualmente meu pai está num relacionamento sério. Sinceramente, a mulher é bonita mesmo. Ela era modelo. Cabelos pretos e ondulados, pernas longas, sapatos de salto fininho... Ela parece aqueles cavalos de corrida.

– Ou seja, ele se apaixonou.

– Que nada, ele simplesmente perdeu a cabeça por aquela mulher. Com certeza achou essa solução com medo de eu causar um problema novamente. No dia que peguei o meu diploma havia um lugar reservado para mim nessa universidade.

– Você está com raiva do seu pai?

– Não sei... Uns tempos atrás meu coração estava cheio de ódio. Olhar fotos do meu pai abraçando mulheres famosas em revistas famosas me fazia sentir vontade de me jogar da Torre de Gálata.

– Ah, a Torre de Gálata...

– Eu nunca a vi de perto, mas ela deve ser linda.

– Sim, *mademoiselle*, é linda. Aliás, até imaginar jogar-se de lá é lindo.

– É mesmo? Você também pensou nisso?

– A família do Aldo morava na rua Büyük Hendek, em Kuledibi[5]... De noite eu olhava da janela do meu quarto para a torre e imaginava bobagens.

– Mas nunca fez nada?

---

5 Lit. "Base da Torre"; nome de um bairro no distrito de Beyoğlu, Istambul. (N.T.)

– Não... Eu nunca consegui ser tão corajosa assim. Ou seja, nós duas somos como o fracassado Hazerefen Çelebi[6].

– Concordo... Nós não temos asas.

– Você não vai muito a Istambul?

– De meses em meses... Geralmente, fico na casa de amigos. Aliás, às vezes, eles nem ficam sabendo da minha ida.

– E você não pede dinheiro a seu pai?

– Mais precisamente, eu não quero pedir. Tem horas que não aguento, especialmente quando sou obrigada ou quando o meu lado consumista vem à tona. Mas, cada vez que faço isso, me sinto suja como se tivesse vendido a minha alma. Porém, meu pai não quer que eu trabalhe em nenhum lugar aqui. Aliás, tivemos uma briga feia quando o espião que o meu pai colocou atrás de mim relatou que eu vendia jornais nas ruas. Não nos falamos desde então.

– Quando aconteceu isso?

– No dia em que a conheci.

– Por que ele não quer que você trabalhe?

– Acho que, apesar de tudo, ele tem um pouco de coração. Talvez seja capaz de sentir remorso. No fundo,

6 Batizado de *Hezarfen* [do persa "(o homem) de mil ciências"] pelo viajante otomano Evliya Çelebi, Ahmed Çelebi (ca. 1630-1632) é famoso entre os turcos por ter sido o suposto primeiro homem a tentar voar da Torre de Gálata, no lado europeu de Istambul, até a praça Doğancılar, em Üsküdar, do lado asiático da cidade, perfazendo uma distância de 3.558 metros. O sultão Murad IV, vendo que tal homem era assustador e que podia fazer o que quisesse, exilou-o na Argélia, onde veio a morrer. (N.T.)

ele sabe que me mandou para esta cidade distante e feia por seu bel-prazer e não consegue se livrar do sentimento de culpa. Por essa razão ele tenta custear qualquer necessidade minha. Mas eu quero ganhar dinheiro e romper o único elo entre ele e eu.

– ...

– ...

– ...

– Senhora Rosella, sinto muito...

– Não tem problema, não se preocupe.

– Você não sabe o quanto eu me odeio quando eu choro assim de repente.

– É bom que você possa chorar, minha filha. Nesta casa você pode chorar o quanto desejar. Nesta vida, também precisamos disso...

– Posso pegar um lenço?

– Mas é claro... Zelda!

– Ah, meu Deus... Que vergonha, chorar como uma estúpida.

– Por favor. Não esquente a cabeça.

– Hahaha... Você é o máximo, senhora Rosella. Como você sabe fazer a coisa certa na hora certa!

– E como! Zelda! Ah, Zelda, você poderia trazer um cálice do nosso licor de hortelã para a senhorita? Para mim também, obviamente.

– Zelda sabe turco?

– Por ela nunca ter falado, eu não tenho certeza ainda... Talvez não entenda, mas pela minha entonação e mímica ela interpreta o que eu quero. Ou talvez por eu falar na maioria das vezes com o Aldo em turco, com o tempo a pobrezinha se viu obrigada a aprender um pouco.

– Então ela foi obrigada.

– Você tem razão, senhorita, não foi nem um pouco fácil para um judeu alemão aprender turco.

– E a senhora, como aprendeu?

– Um pouco na marra. Pois eu me encontrei em Istambul entre os nossos parentes sefarditas, cuja maioria não sabia alemão. Na verdade, todo mundo sabia espanhol e francês, mas não sei por que eu comecei a ter a ambição de melhorar o turco que tinha aprendido com o Aldo. Aliás, não havia outra coisa a fazer. Eu havia me tornado uma mulher que ficava o dia inteiro em casa, lia romances e aguardava notícias, cartas do marido enquanto escutava as notícias do *front* na rádio. Não havia muita coisa a fazer a não ser estudar bastante turco e conversar com minhas cunhadas e sogra em francês.

– Eles a amavam?

– Todos eram boas pessoas. Inicialmente, eu acho que eles me acharam um pouco arrogante. É claro que não diziam isso abertamente, mas, quando estavam ao meu lado, eu percebia pela expressão em seus rostos. Quando se vai para um novo país, talvez com a necessidade de se defender, suas antenas captam qualquer tremor.

– Ah, eu que o diga!

– Não muito depois que chegamos, a família foi passar o verão em Büyükada[7]... Eu me lembro de ter gostado dos pinheiros da ilha quando os vi pela primeira vez. Lá havia uma casa de madeira com uma janela de guilhotina, e cômodos que cheiravam a jasmim me aguar-

---

7 Lit. "Grande Ilha", é a maior de nove ilhas que são chamadas "Ilhas dos Príncipes", no mar de Mármara, em Istambul. (N.T.)

davam... Um caminho por onde passavam charretes, uma pérgula cujas parreiras atravessavam a rua, escadas externas onde as hortênsias e os jacintos ficavam suspensos...

– Que lindo...

– Tinha um salão grande e um pequeno, uma sala de jantar e cozinha... Tapetes estendidos no chão de madeira, armações de cama encostadas na parede, travesseiros com fronhas brancas. Parece que foi ontem...

– A senhora conta de uma forma tão meiga...

– E os gritos dos vendedores ambulantes... Os melões doces, os queijos de ovelha, abóboras perfumadas... Os *böreks* de rosa e os *boyiko* que a minha sogra, Rebeca, fazia com as próprias mãos...

– O que é isso?

– *Boyiko*?

– Sim.

– É um tipo de massa recheada com queijo... Pode-se condimentar com pimenta e açúcar...

– Parece ser ótimo.

– Se você quiser, a Zelda pode fazer para a semana que vem.

– Não posso dizer não.

– E você não precisa dizer... Como posso ver, você não precisa fazer regime. Aliás, se você engordar um ou dois quilos, não ficará mal.

– Mais ou menos...

– Em suma, eu também tinha aquela personalidade estranha que cativa uma jovem do norte no meio das pessoas do mediterrâneo. Por outro lado, eu sabia que eles no fundo me admiravam. Diziam que eu era *blako como la nieve*...

– Como?

– Branca como a neve.

– Ah...

– Na época, o fato de eu ser loira, ter olhos azuis e uma pele branca atraía tanto mulheres quanto homens. Aliás, eles tinham inveja do Aldo.

– Não os culpemos.

– Bem, o nosso licor de hortelã chegou. Tenho certeza de que você nunca o provou antes.

– Você tem razão... Obrigada, Zelda.

– Para falar a verdade, a condição dos judeus na Turquia naqueles anos não era das melhores. Talvez eles não tenham caído nas mãos dos nazistas, mas estavam cientes de fazer parte de um círculo sem sorte que diminuía cada vez mais. A palavra "judeu" ainda despertava sentimentos negativos, embora não tanto quanto na Alemanha.

– Mas por quê?

– As razões são diversas... Em primeiro lugar, por suporem que todos os judeus eram ricos... Havia uma crença de que eles eram pessoas que não foram para o exército, não sofreram a dor da guerra de independência e que ficaram ricos através do comércio, enquanto os filhos desta pátria estavam morrendo no *front*. E os judeus se identificavam mais com Paris. Lá, eram como visitantes. Levavam uma vida em comunidade, falavam francês entre si na balsa para as ilhas e tudo isso causava... nos muçulmanos...

– Causava o quê?

– Não estou achando a palavra.

– Inimizade?

– Não, não tanto.

– Reação?

– *Nein*...

– Preconceito?

– Ah, sim... preconceito... Mas, de qualquer forma, são lembranças horríveis.

– Talvez eu seja muito ignorante.

– Não, você é somente muito jovem.

– Continue, por favor.

– Temo que você fique entediada.

– Que mal tem se eu ficar entediada?

– Nenhum...

– Como nenhum?

– Talvez você não venha para cá para me ver novamente.

– E?

– Bem, você não viria.

– ...

– Eu também ficaria sozinha.

– Imagine, senhora Rosella...

– Viu, você não é a única pessoa chorona nesta vida.

– Suas mãos estão frias... A senhora está com frio?

– Um pouco... Também acho que estou um pouco cansada... Você se incomoda se encerrarmos por aqui por hoje?

– Por favor. Mas posso ficar mais um pouco? Não precisamos conversar.

– Claro que sim, o quanto você desejar. Aliás, você pode ouvir música. De que tipo de música você gosta?

– Seria melhor se eu não dissesse.

– Embora não tenhamos o disco do Placebo...

– Ah, descobriu pela minha camiseta?

– Sim, é uma bela mulher, para dizer a verdade.

– Hahaha...

– Que houve?

– Senhora Rosella, ele não é uma mulher. Ele é o solista da banda, Brian Molko.

– Viu, agora virei uma velha coroca!

– Posso lhe dizer algo? O seu sorriso é lindo!

– Obrigada. Mas não fique com frio com essa camiseta...

– Não estou com frio; a casa é bastante quente.

– Você é quem sabe... *Aimez-vous Brahms*?

– Infelizmente também sou ignorante nesse assunto.

– Ficarei orgulhosa quando eu apresentá-la a Brahms. Vamos ver, será que vou achar os discos... Estava em qual cadeira...

– Eu também alguma hora quero apresentá-la ao Placebo e a Şebnem Ferah[8].

– Vou aguardar com curiosidade... Ah, como minhas costas doem quando me curvo assim!

– Posso judá-la?

– Não há necessidade, já achei... A propósito, você ia dizer quem era o espião que anda atrás de você.

– Ah, sim... Pobrezinho... foi para a carambola.

– Para onde?

– Ou seja, começamos o papo e nos esquecemos dele.

– Vamos ver... Olha para isso, ainda está sentado em cima do muro tremendo nessa chuva.

– Ele é confeiteiro.

– Doceiro?

– Sim... Ele trabalha na doceria do Hotel de la Paix.

– Como você sabe?

---

8 Cantora e compositora turca (1972), de rock, de grande sucesso nacional. (N.T.)

– Ontem, quando voltava para casa à tarde, ele estava novamente me seguindo. Fiz como se tivesse entrado no prédio e me escondi. Depois fui atrás dele.

– Sério? Ele teria medo de você.

– Posso dizer uma coisa? Se quisesse eu seria uma espiã melhor do que ele. Ele nem percebeu que o segui até o hotel. Depois ele entrou na doceria, colocou um avental branco e começou a trabalhar. Cobri minha cabeça com o capuz e entrei no local atrás dele. Pela conversa entre ele e seu patrão, descobri o cargo dele.

– E qual é o nome dele?

– Sarkis. Sarkis, o confeiteiro. Que engraçado, não é?

– Mas e depois? Ele a viu?

– Eu tirei o capuz, passei em frente a ele e pedi dois *croissants*. Como eu queria ter tirado a fotografia do idiota naquele momento para lhe mostrar agora. Ele ficou desesperado! Depois eu peguei os *croissants* e voltei para casa orgulhosa de mim mesma.

– Senhorita, você fez bem em guardar isso para o final. Para que o dia de hoje acabasse alegre, ele precisava de algo assim.

– Mas não é?

8

– *Mademoiselle*, sentimos sua falta.

– Desculpe pelo que ocorreu na semana passada. Caí de cama. Mas é tudo por causa daquele estúpido do Sarkis.

– Por quê?

– Lembra-se que depois de nosso último encontro ele de novo me seguiu ao voltar para casa? Dei uma de teimosa e quis despistar entrando nos becos. Porém me perdi entre viradas para direita e para esquerda. Nesse momento começou a chover de novo. Fiquei ensopada até chegar ao meu quarto. Fui diretamente para a cama. E não consegui levantar mais. A propósito, fiquei envergonhada, muito obrigada, senhora Rosella.

– Mas o que foi que eu fiz?

– A senhora gastou tanto... Todos aqueles remédios, frutas...

– Por favor, não vale a pena trazer isso à baila.

– E é claro, o *boyiko*... Que mãos tem a Zelda!

– Que bom que você gostou... Espero que tudo tenha chegado inteiro... O importante é que você se recuperou. E aquela sua amiga belga? Ainda quer mudar de quarto?

– Ah, nem me fale... Ela se apaixonou. Ela está saindo com um garoto que é da cidade. Ela não vem mais para o dormitório às noites. Muito provavelmente eles ficam juntos na casa do garoto.

– E você ficou sozinha?

– Não tem problema; é até melhor. O quarto ficou todo para mim. Na verdade, eu gosto da solidão.

– Exato. A solidão é boa. É claro que supondo que se possa sair dela quando quiser.

– Senhora Rosella, eu pareço muito solitária?

– Eu não quis dizer isso.

– Na verdade, posso arranjar alguém para me acompanhar a qualquer hora.

– Tenho certeza... Notícias dos seus pretendentes? Do grego, por exemplo?

– O grego... sim... Ontem finalmente ele teve coragem de me convidar para sairmos depois da aula. E eu lhe disse que, se ele quisesse, poderíamos ir juntos ao cemitério.

– Perdão, para onde?

– Eu não lhe disse antes que frequentemente vou ao cemitério? Eu me sinto mais confortável e calma entre os mortos que entre os vivos.

– É mesmo?

– Quando eu me entediava em Istambul, eu ia para Aşiyan, Karacaahmet ou para o cemitério armênio de Şişli.

– O que você fica fazendo lá?

– Nada... Eu me sento num canto e penso. Lá se entende melhor o quanto as coisas não têm importância e são transitórias.

– Você tem razão...

– Ah, meu Deus, como sou estúpida!

– Que houve?

– Agora eu a deixei para baixo...

– Não, *mademoiselle*, eu não fiquei para baixo. Só estava pensando. Estava pensando se há alguma coisa que não pensei sobre a morte. Tantas vezes cheguei bem perto dela... Ela se envolveu com a minha vida tanto... Quando você fala do assunto, sinto que está falando de um conhecido antigo.

– Na verdade, conversar com a senhora não é nada fácil, senhora Rosella.

– Porque sou sensível?

– Não, por causa do seu passado. Você viveu uma vida tal que qualquer coisa que fale a meu respeito parece estúpido.

– Eu não concordo com isso.

– O que se pode dizer de uma vida comum para uma pessoa que foi salva das mãos de Hitler e que ficou distante de seu marido por cinco anos?

– Me parece que a magia da vida está em como a contamos e não como a vivemos, minha querida Pelin. Há vidas nas quais nenhuma folha se mexe, mas elas se tornam histórias pela habilidade de quem as conta.

– Afinal a sua vida é muito...

– Muito o quê?

– Não consigo achar a palavra.

– Longa?

– Não.

– Triste?

– Não.

– Enfadonha?

– Claro que não.

– Então o quê?

– Talvez rica... Quero dizer, está repleta dos caprichos do destino e da História.

– Veja que não conseguirei ser humilde a esse respeito. Aliás, você ainda não ouviu as partes mais essenciais.

– Mal posso esperar.

– Mas agora é sua vez.

– Que é isso, senhora Rosella.

– Falo sério. Acordo é acordo. Então, você foi ao cemitério com o grego?

– Sou obrigada a dizê-lo?

– Claro que não. Assim como você não é obrigada a ouvir a continuação da minha história.

– Você é teimosa... Mas isso vai custar caro!

– Você quer um aumento?

– Não. Quero de novo os *boyikos* que você me mandou quando estava doente.

– Ah, claro. Tenho certeza de que a Zelda vai adorar fazê-los.

– Quanto ao cemitério; sim, fomos. Na verdade, estava esperando que ele me deixasse livre ao pensar que eu era maluca. Contudo, ele se levantou para me beijar.

– No cemitério?

– Sim... O cheiro de terra úmida, as gotas que tinham caído das folhas molhadas e coisas assim parece que exerceram uma influência afrodisíaca no Dimitri. E claro que ele poderia ter pensado que eu escolhi o cemitério para fazer amor tranquilamente.

– Isso não a agradou?

– No começo, sim... Ele é um rapaz que sabe beijar bem... Ele tem lábios doces e perfumados. Mas foi a última gota quando ele tentou me deitar no chão úmido. Chutei sua barriga com o joelho.

– Eu também temia isso.

– Apesar de tê-lo ofendido, ele não desistiu. Aliás, disse que o que me deixava mais atraente era o meu lado durão.

– E o que você fez?

– Se ele insistisse, a segunda bofetada ia atingir o seu passarinho duro.

– *Wunderbar*... E ele ficou com medo?

– Ele disse que estava apaixonado por mim.

– E o que você respondeu?

– Pedi para ele não falar besteiras.

– Você não acredita que Dimitri esteja apaixonado por você?

– Senhora Rosella, se realmente quer saber, eu não acredito no amor de ninguém nesta vida.

– Por quê?

– A meu ver, essa conversa de amor é a maior enganação do ser humano...

– Você acha?

– É um atalho nojento encontrado para encurtar o caminho para o sexo. A fim de que mais CDs sejam vendidos, mais espectadores assistam a filmes. E nós acreditamos como idiotas, pois eles vendem isso para nós muito bem. A turma de escritores também tem servido muito bem para isso. As pessoas veem que há uma vergonhosa e nojenta armação, mas não confessam isso para si. E essa fraqueza das pessoas me deixa louca. Se um homem disser que ele está interessado somente em fazer sexo comigo, acredite que vou respeitá-lo mais. Mas, quando sai a palavra estúpida "amor" da boca deles, todos eles perdem valor aos meus olhos. Ademais, eu quero cortar "aquilo" deles por terem menosprezado a minha inteligência.

– Sei.

– Fiquei muito entusiasmada?

– Mas você fala com tanta convicção que não se pode pensar que não tenha razão.

– Na minha opinião, estou certa, senhora Rosella.

– Talvez.

– A senhora não é da mesma opinião?

– Isso é importante, a seu ver?

– Sim, claro que é importante... Nessa cidade você é a única...

– Sim?

– Quero dizer, a única pessoa com quem posso falar dessas coisas.

– E os outros?

– Que outros?

– Ivan e aquele alemão... Qual é o seu nome?

– O nome dele... é Klaus-Peter.

– Claro está que, conforme o número de pretendentes aumenta, torna-se difícil lembrar de seus nomes. Eles também despertam o mesmo sentimento em você?

– Certamente.

– Mas você disse que gostava de rapazes.

– Eu não disse tal coisa.

– Eu me lembro de você ter dito isso.

– Eu gosto deles quando dizem o que querem honesta e diretamente como um homem, senhora Rosella.

– Concordo com isso.

– Então por que será que sinto que não acredita em mim?

– Por que eu não acreditaria em você?

– Não sei... A senhora não aprova minhas ideias, mas parece que não o diz para não me ofender.

– Eu estou mais interessada em saber a continuação da história.

– Depois fomos para um hotel e fizemos amor.

– É mesmo?

– Viu? A senhora não acredita!

– É sério que vocês foram para um hotel?

– É claro que não.

– Então o que vocês fizeram?

– O que poderíamos fazer? Caminhamos sem falar até o dormitório de garotas, onde nos separamos. Eu não creio que ele queira me ver novamente.

– Você fica triste com isso?

– Não sei... Na verdade, acho que não. Quero dizer, se eu quisesse achar um mentiroso que fale do seu amor, não teria dificuldade em encontrá-lo na minha universidade.

– Mas e o Sarkis?

– Quem? Você se refere ao confeiteiro?

– Sim, será que ele não está apaixonado por você?

– Ah, senhora Rosella...

– Por quê? O pobrezinho larga seu trabalho bom para te seguir algumas horas por dia. Ponha-se no lugar dele.

– Senhora Rosella, a senhora acha isso engraçado?

– Está bem, ficarei quieta.

– Não fique quieta, pois é a sua vez.

– Ah, é?

– A senhora foi para Istambul. Aprendeu turco. Os parentes do senhor Aldo estavam com um pouco medo de você.

– Ah, sim... Mas, em vez de medo, vamos dizer dúvida sobre uma nora que veio de uma cidade longínqua e que foi entregue a eles.

– Está bem, isso também serve...

– A mãe do Aldo nunca me deixou sozinha naqueles dias. Ela fez tudo o que podia para eu não me sentir mal em Büyükada. Naquela época Büyükada era conhecida como "Ilha dos judeus". Nessa expressão também havia as sementes de uma raiva que crescia devagar e as queixas contra os descendentes andarilhos de Moisés na ilha. Como eu era estrangeira, conseguia ver a distância entre eles e os muçulmanos mais claramente. Com a experiência que ganhei na Alemanha, eu sabia que isso era um mau sinal.

– Ontem pesquisei na internet um pouco e vi que o Imposto sobre o Patrimônio[9] surgiu quando a senhora estava em Istambul.

– Foi assim. Mas ainda estamos no começo da guerra... Passei os dias em Büyükada batendo papo com as irmãs do Aldo no Clube Anatólia, cuidando da Tânia e tomando banho de mar na praia o resto do tempo. Era ainda benquista por quase todos os parentes. Somente a Jaqueline, uma prima do Aldo, me odiava sem reservas.

9 Imposto cobrado de todos os cidadãos da Turquia em 1942 com o suposto propósito de arrecadar fundos para uma possível entrada desse país na Segunda Guerra Mundial. Contudo, as mais afetadas foram as minorias, como judeus, armênios, gregos e levantinos, que detinham a maior parte da riqueza do país na época. (N.T.)

– Puxa vida...

– É...

– O que ela fazia, por exemplo?

– Nada de muito óbvio. Mas cada vez que nos encontrávamos, ela mandava umas indiretas sobre o azar que nosso casamento havia trazido para a vida de Aldo.

– Por quê? Será que ela queria se casar com o Aldo se a senhora não existisse?

– Para minha surpresa, todo mundo na família sabia que ela sempre sonhara com isso. Eu fiquei sabendo disso quando um dia minha cunhada Linet não aguentou e me contou. Pobre garota, por anos esperou Aldo terminar sua formação em Berlim e voltar para Istambul. E, quando Aldo não voltou, mas mandou sua foto junto com uma mulher loira, ela caiu de cama e ficou com febre por dias. Por causa desse sofrimento que teve, ela tinha uma imunidade estranha na família. Quando ela me dava uma resposta atravessada à mesa ou quando rejeitava minha ajuda rudemente, ninguém fazia nada. Realmente minha presença em Büyükada era uma tortura do inferno para ela. Posso até dizer que mesmo que ela não tenha visto nenhum nazista em toda sua vida, ela foi uma das judias mais sofridas até o fim da guerra.

– O senhor Aldo sabia dessa situação?

– Acho que não... O meu distraído Aldo estava tão absorto nos seus estudos que não percebia as tempestades que aconteciam dentro de uma mulher. Além disso, ele costumava ver Jaqueline como uma das garotas pequenas e bonitinhas da família. Pelo que eu saiba, ele gostava dela e se importava com ela e ficou triste quando ela não foi ao casamento.

– É uma situação complicada, realmente.

– Nunca fiquei com raiva da Jaqueline. Sempre tentei entendê-la. Até quando ela tentou destruir a minha vida.

– Destruir? Obrigada, Zelda. Estes licores são realmente maravilhosos.

– Querida Zelda, você poderia deixar o meu na mesa? Agora não estou com vontade, mas depois talvez o tome. O que eu estava dizendo?

– A Jaqueline... Ela quis destruir sua vida.

– Em Büyükada eu ficava muito entediada. Além disso, eu precisava de dinheiro. O Aldo dera tudo que tinha em mãos para as autoridades alemãs que garantiram nossa segurança na saída de Berlim. Quanto aos nossos parentes istambulitas, eles tampouco eram ricos. Não queria ser um fardo para eles até o fim da guerra, que não sabia quando ia acabar. Quando eu toquei no assunto com Linet, ela disse que eu poderia dar aulas de piano. Após algumas semanas de espera, soubemos que uma família nobre de Ayaspaşa precisava de uma professora de piano para a filha. Numa manhã muito quente de junho, pegamos a balsa junto com Linet. Daí parti para a aventura mais estranha da minha vida.

– ...

– ...

– Senhora Rosella, se parar agora, eu me jogo da janela!

– Infelizmente pararei, *mademoiselle*... Pois cansei, além de querer que você também ouça outras coisas que não a continuação da história.

– Tipo o quê?

– Se você assim o desejar, conversaremos na semana que vem. Agora, por favor, beba seu licor e me diga que música você gostaria de escutar.

– Pode ser Brahms?

– Vejo que você gostou.

– Gostar é uma palavra fraca. A pessoa pode acreditar em Deus somente por causa dessas músicas.

– Está bem, então. Além disso, no Talmude está escrito que "a música é oração". Vou buscar o disco.

9

– A senhora está bem?

– Não sei.

– Deite-se no sofá, se quiser.

– Sim, é melhor. Se você não se importar.

– Seu rosto está pálido. Devo chamar um médico?

– Ainda não.

– O que estamos esperando, senhora Rosella?

– Não precisa entrar em pânico... Talvez se eu me deitar um pouco... Tive uma semana difícil... Conheço os sintomas, mas é a primeira vez que eles atacam de uma vez, de uma forma tão organizada.

– Por que não avisou?

– Você não poderia ter feito nada se eu tivesse avisado... Você pode deter o tempo? Você pode achar um remédio para a velhice?

– Não, mas posso segurar suas mãos. Assim.

– Você é um verdadeiro anjo.

– Imagina.

– Vamos, conte-me sobre sua avó.

– Agora?

– Enquanto você conta a sua, talvez eu tenha tempo de juntar forças necessárias para continuar a minha história.

– Na verdade, ela parecia um pouco com a senhora.

– É mesmo?

– Claro que ela não podia competir com a sua beleza, mas ela era uma mulher muito inteligente do Mar Negro. Ela era a única pessoa que o meu pai temia no mundo.

– Qual era o nome dela?

– Ulviye... Ulviye Oktay.

– Gostava muito de você?

– Não havia ninguém além dela que gostasse de mim.

– Não diga assim, lembre-se de mim.

– Eu sei, senhora Rosella... Quis dizer antes de você.

– Ela morava em Istambul?

– Após a morte do meu avô, meu pai a trouxe para Etiler. Quando ficava zangada com meu pai, planejava voltar, mas no fim sempre desistia. Foi até o terminal de ônibus uma ou duas vezes quando ficou com muita raiva.

– Uma mulher forte.

– Na minha opinião, ela era também uma mulher sábia. Por detrás de toda idiotice que eu fazia, ela via a verdadeira razão e entendia. Só ela sabia quem eu era. A maior parte do tempo eu passava com minha avó.

– Você sente falta dela?

– Quando ela morreu, por semanas fiquei fora de mim. Ela era tanto um pai quanto uma mãe para mim. É por isso que gosto da palavra "avó"[10].

---

10 Em turco a palavra para "avó (paterna)", *babaanne*, é composta de *baba* "pai" + *anne* "mãe". (N.T.)

– Que descanse em paz.

– Amém. De qualquer forma, se ela não estivesse lá, meu pai teria me mandado fazer as malas para o exterior bem antes. Eu devo à minha avó o fato de ter terminado o ensino médio em Istambul. Quando meu pai quis me matricular no colegial na Inglaterra, ela rugiu de tal forma que sua voz foi ouvida desde Trabzon.

– Será que você se parece com sua avó?

– Pode ser que eu tenha puxado dela essa personalidade teimosa e agitada como o mar Negro. Afinal, a minha personalidade se desenvolveu ao lado da minha avó, com as coisas que eu ouvi dela.

– E o seu exterior?

– Não, simplesmente não parecemos um com o outro.

– A quem você puxou?

– A minha mãe... Quero dizer, assim o dizem.

– Você está zangada com sua mãe?

– Somente a raiva que sinto por ela não se apaga de jeito nenhum.

– Por que você disse que os seus pais se separaram?

– Porque um deles se apaixonou por outra pessoa.

– A sua mãe?

– Sim.

– Quem lhe disse?

– Ouvi de fontes diversas... Do meu pai, da minha avó, dos parentes de minha mãe...

– Você fez bem. Em situações desse tipo, não é possível encontrar uma fonte imparcial.

– Quando eu era criança, sempre me perguntava como é poderosa essa coisa que se chama amor que fez uma mulher deixar sua filha de quatro anos e ir embora.

– Por que ela não a levou?

– Meu pai disse para ela que se quisesse ir embora tinha que me deixar. E a minha mãe fez exatamente o que ele disse. Deixou sua filha e sumiu com o namorado como dois besouros-do-amor.

– Onde ela está morando agora?

– Não sei... Provavelmente em Izmir.

– Vocês chegaram a se ver novamente?

– Ela tentou algumas vezes. Mas eu não quis. Eu disse para ela que se eles quisessem muito uma criança poderiam fazer uma para matar a vontade.

– Isso foi um pouco duro.

– Mas não estou nem um pouco arrependida.

– Você já pensou que ela pode estar sofrendo também?

– Ah, a minha falecida avó também dizia isso. Ela pensava que neste mundo passageiro não devemos julgar ninguém... Apesar de ser uma mulher briguenta do mar Negro, ela jamais disse algo negativo sobre minha mãe.

– Era uma pessoa magnânima.

– Ela era assim. Que Deus a tenha.

– Sim. Que descanse iluminadamente.

– Que palavras bonitas... Que descanse iluminadamente.

– Também há "Que sua terra seja abundante". Eu também gosto muito dessa frase.

– Que sua alma descanse em paz também é bonito... Mesmo que uma pessoa não seja religiosa, ela sente uma tranquilidade ao dizer essas coisas.

– Mesmo que os deuses sejam diferentes, as preces são imutáveis, *mademoiselle*. Não há uma diferença tão grande quanto supomos entre uma oração feita a Buda ou a Alá... Saudades, esperanças, medos... No fundo, se parecem... Aliás, um poeta de Jerusalém disse "Os deuses vêm e vão embora, mas as preces são imutáveis".

– Ele falou bonito.

– Por isso, na minha opinião, antes de julgar alguém, deve-se ouvir suas preces. Somente assim se pode conhecer alguém verdadeiramente. O mesmo vale também para sua mãe.

– Então essa é sua opinião?

– Sim... Eu gostaria muito de saber as orações de sua mãe.

– Com certeza ela deve estar rezando a Deus assim: "Ao luar, ao som de violinos eu quero dançar com o meu amor, enquanto as flores de primavera tremem".

– Não podemos ter certeza disso, minha querida Pelin.

– Como sou má, não é?

– Não, você somente está magoada. Mas você ainda não sabe o que a feriu.

– É claro que sei.

– Senhorita, nunca poderemos saber a razão verdadeira da briga entre nossa mãe e nosso pai. Podemos interpretar os acontecimentos tanto quanto testemunhamos. Porém no fundo da briga pode haver uma experiência vivida mesmo antes de nascermos.

– Senhora Rosella, uma pessoa abandonaria seu filho?

– Querida Pelin, sua mãe se apaixonou.

– Eis o problema...

– Por que você tem tanta dificuldade para entender isso?

– Eu não entendo porque minha inteligência não basta. Se ela foi uma mulher de amores, por que então ela se casou e teve uma filha? Por que ela não encontrou seu príncipe do cavalo branco com quem poderia voar pelos campos como duas borboletas em vez de casar-se com meu pai? Por que após me dar à luz me deixou no meio deste mundo nojento?

– Talvez ela não quisesse abandoná-la.

– Mas abandonou!

– Talvez tenha sido forçada.

– Senhora Rosella, espero que não a defenda por ter se apaixonado.

– Vou ficar um pouco do lado dela.

– E por quê?

– Porque eu também já me apaixonei.

– Com você foi diferente... O senhor Aldo, por sua vez, sempre a amou muito. E além disso...

– *Mademoiselle*...

– Sim?

– Não estou falando do Aldo.

– Como?

– Não foi pelo Aldo, me apaixonei por outro.

– Quando?

– Naquele tempo... Quando estava em Istambul...

– Puxa... Por que não me disse?

– Com sua permissão, estou tentando levar a história para lá.

10

– Nunca esqueço, foi numa manhã quente. Havia como se fosse um lenço úmido sobre a cidade. Você conseguiria prever que o céu ia queimar ao meio-dia. Linet era a irmã do Aldo de quem eu mais gostava... Junto com ela pegamos a balsa de Seyrisefa em direção a Istambul. Na balsa havia um zumbido de mistura de línguas dos passageiros turcos, gregos, judeus e armênios...

– Estava entusiasmada?

– Por quê?

– Porque ia começar a trabalhar.

– Não sei... Ser professora de piano não me parecia ser um bom trabalho naquele momento. Eu tocava piano há muito tempo. Tive diferentes professores. Princesas bielorrussas que fugiram dos bolcheviques, músicos que empobreceram em Petersburgo, *virtuosi* poloneses cujos dedos finos e longos nunca saíram da minha mente... Após começar a dar aulas, ia perceber que carregava uma semente de cada um na minha memória. Porém eu estava inquieta de pensar que iria para Istambul. Até então eu só tinha ido para a estação de trem de Haydarpaşa e Gálata, onde a família do Aldo morava.

– Eu nunca fui para Gálata...

– Eu não sei como está agora, mas naqueles anos Gálata era um lugar bonito, quieto e tranquilizador.

– Ah, se eu tivesse uma máquina do tempo.

– Para voltar atrás?

– Para voltar com a senhora que seria a minha guia.

– Seria um prazer para mim.

– A senghora conta tão bem; é como os filmes em preto e branco.

– O problema é que na minha memória o filme que está passando é bastante colorido... Quando nós envelhecemos, o presente fica sépio e o passado fica envolto nas suas verdadeiras cores.

– Eu nunca entendi esse negócio chamado máquina do tempo.

– Por quê?

– Vamos dizer que conseguimos fazê-la depois de nos esforçar por cem mil anos. As pessoas daquele tempo não deveriam nos visitar durante sua viagem ao passado?

– Eu não sei... Eu nunca tinha pensado nisso.

– Quero dizer que deveriam surgir turistas interessados na nossa época.

– Sim, provavelmente.

– Aliás, podemos dizer que, se a máquina do tempo for inventada em algum momento do futuro, isso quer dizer que ela existe também neste momento, não é? Porque, como o nome diz, é a máquina do tempo... Sabe do que tenho medo? Será que a vida dos humanos não foi o suficiente para inventá-la? Já que ninguém vem do futuro, ou não conseguiram inventá-la ou a humanidade desapareceu antes. Que assustador, não?

– Para falar a verdade, sou muito velha para imaginar essas coisas.

– Desculpe. Acho que a enchi um pouco.

– Encher?

– Ou seja, falei demais, fugi do assunto.

– Isso é um bom sinal. Na sua primeira visita, tirava as palavras de sua boca à força.

– Isso mostra que me sinto mais à vontade. Bom, continue, por favor.

– Durante meus anos de estudante, eu tinha visto algumas cidades estrangeiras. Mas quando chegamos em frente a Sarayburnu, senti um pânico ao qual não estava acostumada. O palácio de Topkapı estava me sufocando com suas torres... Parecia que se eu não voltasse naquele momento coisas ruins iriam acontecer. Juro que voltaria com a mesma balsa se não tivesse aborrecido Linet por semanas para me encontrar um aluno.

– Nós chamamos isso de premonição.

– Puxa, ainda há essa expressão?

– Na verdade, não muito. Mas a minha falecida avó gostava muito dela. E eu a usava fora do contexto.

– Mas agora você a usou no contexto certo.

– É mesmo?

– Sim, pensando no que aconteceu...

– Ora, vamos conte-me.

– Tudo bem, mas, por favor, não espalhe o assunto.

– Está bem, prometo.

– Naquele dia de junho em que Hitler fazia a parada da vitória, eu vi uma Istambul esperançosa, embora preocupada por causa da guerra. A cidade parecia diferente para mim com sua luz e resignação. As pessoas pareciam ter superado a desolação após o falecimento de Atatürk. Descemos do bonde em frente de um dos prédios em Ayaspaşa. Subimos ao terceiro andar. Nos sentamos nas poltronas de veludo na sala de onde se enxergava todo o Bósforo e esperamos... E ele entrou na sala.

– Quem?

– Ele estava usando um terno preto. Parecia nervoso, como que irritado com algo. Cumprimentou-nos superficialmente e se dirigiu com passos rápidos à janela e começou a olhar para o horizonte. Era como se estivesse vendo coisas completamente diferentes e não o Kadıköy[11]. Foi então que percebi os olhos de Linet se arregalarem. Eu nunca a tinha visto tão nervosa, tremendo como se tivesse malária. Com sua mão sobre seu peito e com os olhos arregalados de surpresa, ela apontou para aquele que estava em pé. Quando virei minha cabeça num ímpeto, nossos olhos se encontraram no reflexo da janela. Ele me olhou como ninguém tinha me olhado antes. Senti meu coração apertar e o pânico da balsa voltar com maior intensidade. Ainda bem que a porta abriu de repente e uma jovem entrou na sala. Ela nos cumprimentou e foi para o lado do homem, querendo retirá-lo da sala segurando sua mão. Ele soltou a mão de tal maneira que até nós percebemos e saiu da sala com passos nervosos.

"Bem-vinda", disse a mulher. Ela falava francês fluentemente e ria forçadamente: "Você é a senhora Rose-

---

11 Vasto distrito antigo e cosmopolita na parte asiática de Istambul. (N.T.)

lla?" "Sim...", respondi. "Senhorita Rengin?" "Sim, sua nova aluna."

Linet perguntou quase gaguejando: "Aquele senhor não era Enver Rigan?"

A senhorita Rengin respondeu com irritação: "Sim. É ele mesmo".

Linet deve ter percebido que eu não havia entendido nada, pois ela se virou para mim e disse com entusiasmo: "Enver Rigan... O poeta famoso... Homem da causa... O escritor...".

Eu nunca tinha ouvido esse nome. Mas os olhos do homem se espalharam como duas manchas verdes na minha mente. Talvez por essa razão, talvez por causa da energia das outras duas mulheres na sala que passou para mim, senti como se um fio, tenso, se esticasse dentro de mim.

Por algum tempo elas conversaram sobre coisas corriqueiras, perguntaram sobre os parentes. Mandaram lembranças para pessoas que eu não conhecia. Depois a senhorita Rengin disse a Linet: "Vamos acomodá-la aqui. A senhora Rosella e eu vamos estudar numa outra sala".

– Quero perguntar uma coisa, senhora Rosella...

– Sim, *mademoiselle*?

– Aconteceu exatamente assim?

– E como poderia ter acontecido?

– Não sei... Mas a cena que você contou parece romântica demais para ser verdade. Mesmo quando o assunto é Enver Rigan.

– Você o conhece?

– Nos ensinaram alguns de seus poemas no colegial.

– Você gostou?

– Acho que sim... Havia especialmente um poema que falava da solidão. Foi o que mais ficou na minha mente.

– *A solidão é a magia da nossa vida que nunca acaba... É a corrente de nossas almas, mesmo na revolta.*

– *Mesmo que os nossos braços estejam cheios das flores do amor...*

– *Com um infinito pequeno, ou com o azul da tristeza...*

– Sim... Acho que eu gostava desse, já que eu me lembro dele. Mas isso não esclarece minhas suspeitas.

– Será que eu estou inventando?

– Imagine... Na verdade, não sei... Na vida real essas coisas não acontecem.

– O que você quer dizer com vida real, Pelin?

– Vida real é vida real... O mundo que não vemos nos filmes, que não lemos nas estúpidas histórias de amor.

– O que você disse é somente válido para alguns filmes e algumas histórias. Acredite em mim, a vida é um milagre. O que vivemos são às vezes milagres dolorosos, mas são milagres, como disse. Se você não acreditar nisso, não conseguirá achar facilmente o caminho que vai para o seu coração.

– E você o achou?

– Achei-o... Pelo menos houve um momento em minha vida em que eu senti que o encontrei.

– Depois de conhecer Enver Rigan?

– Sim... Mas não assim que o conheci.

– Como vocês se conheceram?

– Para falar a verdade, nos conhecemos não de uma única vez, mas em muitas ocasiões... Ele fez todos os avanços, exceto um. Naquele dia, quando nossos olhos se encontraram no reflexo da janela, eu já tinha sentido que estava voando em direção ao fogo.

– Quando vocês se encontraram de novo?

– Depois da aula, Linet e eu fomos para Beyolu. Era um dia de domingo movimentado. Havia senhoras bonitas, senhores chiques nas calçadas. Todo mundo estava falando que a França ia se render em alguns dias. Olhamos para as lojas e escolhemos um vestido para Tânia e depois sentamos no Nisuaz. Quando abri minha bolsa para procurar uma gorjeta, vi um papel azul dobrado em dois no qual estava escrito com tinta vermelha: "Quem é você?".

– Só isso?

– Só isso.

– Vermelha...

– Sim. Como sangue.

– Foi Enver Rigan que o deixou?

– E quem poderia ser? O homem que passa sua vida dominando as palavras escolheu essas poucas para me abordar.

– Mas como que ele o colocou na sua bolsa?

– Quando eu estava na aula, ele deve ter voltado. Eu tinha deixado minha bolsa na sala.

– Como Linet não viu isso?

– Ela disse que, enquanto esperava, tinha adormecido por um momento. O som do piano a acordou. E Rigan deve ter aproveitado essa brecha.

– Muito profissionalmente.

– Mas tão ingênuo também.

– Especialmente considerando o recado que deixou.

– Sim... "Quem é você?"

– O Jack Nicholson que deve ficar bom nesse papel.

– Por favor... Eu prefiro o Travolta.

– Mas quem era a senhorita Rengin? A namorada dele?

– O relacionamento deles não andava bem naquele tempo. Aliás, no dia em que nos conhecemos eles tiveram uma briga feia. O pai da moça não aceitava a ideologia socialista de Rigan. A ideia de sua filha, que era muito benquista na alta sociedade, de casar-se com um poeta que fora investigado, deixava o pobre homem louco. E a moça queria que Rigan largasse as atividades políticas e, em vez disso, trabalhasse com algo decente.

– Você falou desse recado para Linet?

– É claro que não... Aliás, não somente por ser minha cunhada... Também tive medo de causar tamanha emoção no seu coração...

– Ela admirava muito Rigan?

– Bastante... Com o tempo percebi que ele era admirado pelas mulheres cultas da época. Seus poemas passavam de mão em mão. As matinês em que ele participava ou eram proibidas ou lotavam. O mais interessante era quando as mulheres da alta sociedade, que não sabiam nada sobre o socialismo até o ponto de achar que era um monstro, desmaiavam enquanto Rigan lia seus poemas...

– Não acredito...

– Ele jogava o cachecol sobre os ombros e lia seus poemas levantando a ponta de um pé e movimentando as mãos no ar. Por exemplo, quem é o artista mais popular atualmente?

– Şebnem Ferah…

– Não, masculino.

– Teoman?

– Não conheço...

– Então, Ahmet Özhan.

– Ele é um pouco clássico demais.

– Senhora Rosella, entendi o que quis dizer. Enver Rigan deve ter sido uma estrela.

– E que estrela! Era um fenômeno com sua identidade politicamente incorreta, suas brigas artísticas e com a polícia secreta que nunca saía do seu pé. Por falar em polícia secreta, o seu confeiteiro ainda está no mesmo lugar?

– Olhei agora há pouco; ele estava esperando na esquina.

– Ah, meu Deus... Lamento pela criança...

– Não se preocupe. Então a senhora quer dizer que um homem assim a escolheu?

– Por quê? Não sou tão bonita assim?

– A senhora é muito sagaz, senhora Rosella... Como toda mulher que é ciente de sua beleza.

– Eu aceito o elogio.

– Mas eu pretendia isso mesmo.

– Porém não foi de repente que as coisas ficaram sérias. Por exemplo, não nos vimos por um mês.

– Por quê?

– Como poderíamos nos ver, minha filha? O homem estava envolvido com alguns eventos dos sindicatos e partidos naquele momento. Seu relacionamento com a senhorita Rengin foi por água abaixo pela mesma razão. Portanto, não havia possibilidade de vê-lo quando ia dar aula.

– Mas, de qualquer forma, você o gravou num canto da sua mente...

– Garanto-lhe que nem pensei nessa possibilidade. E, se tivesse pensado, eu negaria e ficaria muito chateada com a insinuação de alguém. Além disso, quero relembrá-la dos acontecimentos. Estava havendo uma

Guerra Mundial. Em Istambul eu levava uma vida parasita junto à família de Aldo. Além disso, eu tinha uma filha pequena.

– Mas você o seguiu.

– Eu segui um poeta, um guerreiro da liberdade. Até então, eu não tinha lido nenhum poema em turco, exceto algumas traduções medianas de Yunus Emre. Na casa de Linet havia alguns poemas de Enver Rigan que passavam de mão em mão. Linet era solteira naquela época, obviamente seu coração de moça estava aberto para as paixões. Em algumas noites eu ia para o quarto dela, costumávamos ler os poemas de Rigan até tarde. Na verdade, nem sempre conseguíamos entender o sentido político dos poemas, mas a música e o ritmo que enchiam os nossos ouvidos nos deixavam embriagadas. Depois comecei me interessar por outros poetas turcos. Aliás, a razão do avanço no meu turco era minha ambição de ler os poemas de Ahmet Hasim e Yahya Kemal que Linet tinha me dado. Caso contrário, eu conseguiria me virar em francês na comunidade. Aliás, ninguém me...

– ...

– ...

– Senhora Rosella, a senhora está bem?

– Um pouco... Fiquei sem ar por um momento... Fiquei tonta... Você poderia, por gentileza, abrir a janela? E também poderia chamar a Zelda? Se possível, seja rápida...

11

– A senhora está com uma aparência melhor hoje.

– Eu estou bem; é o meu corpo que está mal. Ele continua a me trair.

– Gostaria que eu abrisse a janela? Vai ficar com frio?

– Abra... Nesta estação acontece um frio limpo na nossa cidade... Daquelas montanhas que você vê no horizonte sopram ventos curativos. Você sabe por que os sanatórios deste país são famosos?

– Não. Por quê?

– Porque há muitas montanhas e muitos velhos.

– Por que você não aceita ir para o hospital?

– Minha filha, não há nada que o hospital possa fazer... Qual hospital encontrou uma solução para a velhice? Eu prefiro passar o tempo que me resta em minha casa. Além disso, veja quão boa é nossa conversa aqui.

– Podemos conversar lá também, senhora Rosella.

– Hoje não tenho forças para contar algo, *Fräulein*... Aliás, é sua vez, se não me engano.

– Mas estou curiosa com a continuação de sua história...

– Contarei quando me sentir melhor. Mas agora é sua hora de cumprir o acordo... Tenho somente um pedido; se for possível, conte algo alegre. Hoje não preciso mesmo de tristeza.

– Algo alegre...

– Sim... Algo engraçado... Algo que esteja cheio de sua juventude...

– Senhora Rosella, será que encontrou a pessoa certa?

– Por quê? Você não é jovem? Aliás, pelo que saiba, você tem uma vida amorosa agitada. Qual é o nome daquele russo?

– Ivan...

– Ah! Mas é um nome mau... Poderia mudá-lo, por gentileza?

– O nome dele?

– Sim... Como não podemos mudá-lo na vida real, pelo menos mude o nome do rapaz na sua história... Por exemplo, pode chamá-lo de... hmm...

– Mikhail...

– Mikhail?

– Como Mikhail Baryshnikov... O dançarino...

– Conheço-o, senhorita, mas se vamos chamá-lo de Mikhail, é melhor não mudar o nome dele.

– Não entendi, senhora Rosella...

– *Fräulein*, suponha que há uma moça diante de você, e não uma velha de oitenta e oito anos. Ela quer ouvir algo leve a respeito do amor, dos jogos do amor.

– De mim?

– Sim, de você.

– E a senhora tem algum nome predileto?

– Pode ser Alexei, por exemplo?

– ...?

– Minha filha, você não leu *Anna Karenina*?

– Infelizmente, não.

– Então isso quer dizer que você não conheceu o homem mais atraente, mais perigoso e mais apaixonante da história da literatura. O conde Alexei Kirilitch Vronsky... Um homem tão cheio de paixão, que qualquer mulher ansiaria conhecer e, depois de conhecer, se arrependeria.

– Bom, não exagerou um pouco a respeito do meu amigo?

– Não se trata mais do seu amigo, *mademoiselle*... Depois de você começar a contar, ele se tornará um herói. O nome será o que você quiser. Ele fará o que você quiser. Agora, conte, por favor.

– Eu não saberia por onde começar.

– Quando você o viu pela última vez?

– Há cinco dias.

– Como ele estava?

– Estava com uma jaqueta de couro preta...

– Ótimo... E depois?

– Vestia um casaco vermelho de gola levantada. Sobre o casaco havia pelos de gato.

– Ele gosta de gatos?

– Sim... No seu quarto do dormitório ele tem dois gatos.

– Ele fica sozinho no quarto?

– Ele tem um amigo ucraniano. Serguei... Mas não peça que mude o nome dele, por favor.

– Serguei não é tão mal...

– Eles acharam os gatos quando ainda eram filhotes. Acho que um carro atropelara a mãe deles. Um deles é preto e é brincalhão; o outro se acha um aristocrata como Charlotte.

– Você ouviu isso, Charlotte? Está falando de você.

– Parece que ela tampouco está se sentindo bem hoje.

– Ela sente que me falta pouco tempo, *mademoiselle*. Os gatos sentem essas coisas.

– Senhora Rosella, se disser isso mais uma vez, não falarei nunca mais com a senhora.

– Está bem. Prometo.

– Por essa razão, sempre há pelos de gato no casaco dele. Suas mãos estão arranhadas de tanto acariciar os gatos.

– Então ele sabe atrair a atenção das mulheres... Nenhuma mulher fica desinteressada por um homem que cuida de gatos. Esse Alexei é bonito?

– Para mim é.

– Como ele é?

– Seu rosto parece um pouco com o do Kurt Cobain.

– Quem?

– Olhe para minha camiseta.

– Este é o Kurt Cobain? O cabelo do Alexei também é comprido como o dele?

– Sim. Ele toca baixo numa banda de *rock*. Aliás, de vez em quando ele se apresenta nos bares da cidade durante os fins de semana.

– Ele não a tinha convidado para um hotel?

– Sim, convidou.

– Para o hotel à beira do lago...

– Sim.

– Ele vai pagar o quarto com o dinheiro que ganha tocando guitarra? Pelo que saiba, é um local caro.

– Senhora Rosella, o Ivan não toca por dinheiro... Desculpe, Alexei... A família dele é rica...

– E com que eles trabalham?

– Algo relacionado com petróleo.

– Ah... E depois?

– Ademais, como ele não tem permissão para trabalhar aqui, não é possível ganhar dinheiro legalmente tocando guitarra. Ele diz para quem pergunta que toca por prazer, mas ganha algumas coisas de volta.

– Quanto ganha, por exemplo?

– Alguma coisa...

– O que você quer dizer com "alguma coisa"?

– Bom... É por prazer...

– Será que é uma coisa que estou imaginando?

– Mas uma quantidade inofensiva... Quero dizer, nunca o vi exagerar. Somente para se alegrar um pouco... Coisas leves como pílulas ou erva.

– Não precisa explicar, senhorita, não vou denunciá-lo. Vocês são adultos, o que fazem com o seu corpo não é da minha conta. Conte sua história para mim. Não se esqueça de que estou romântica hoje, *bitte*... Ou seja, se puder acrescentar um pouco de romantismo no meio...

– Vou tentar.

– Por favor.

– Naquela noite fomos para o bar onde o Alexei toca. O bar estava cheio porque era fim de semana. Eles ficaram no palco por volta de uma hora e meia. Realmente tocaram muito bem. O pessoal ficou enlouquecido. No intervalo, quase não consegui chegar perto dele. Havia muita gente à sua volta.

– Garotas?

– Se fossem só garotas seria bom.

– Meu Deus...

– Não sei por que esse Alexei tem pretendentes de ambos os sexos. Ainda bem que ele só se interessa por garotas. Quisemos fazer uma caminhada lá fora, para pegar um ar fresco. Se a senhora se lembra, era um dia com neve, tudo estava coberto de branco. Além disso, a lua estava cheia. O reflexo do luar que batia no solo branco iluminava tudo.

– Ah, agora a história ficou interessante.

– Caminhamos ao longo do rio sem nos falar. O som da música que vinha do bar ficava cada vez mais distante... Depois nos sentamos num banco do parque; Alexei enrolou um cigarro e fumamos olhando para o luar. O rio fluía devagar, carregando pedacinhos de gelo.

– Como você estava vestida?

– Uma capa de chuva de couro preta e botas de *cowboy*. Meus cabelos ondulados caíam sobre os ombros. E estava com um chapéu de *cowboy*...

– *Bonne*...

– Após fumarmos um cigarro, de repente senti vontade de beijá-lo. Exatamente naquele momento percebi que ele estava acariciando meus cabelos.

– Muito bonito.

– Depois seus dedos começaram a cariciar o meu rosto... Gostei muito de sentir as pontas dos seus dedos que estavam cheias de calos por causa das cordas da guitarra. Seus dedos cheiravam a tabaco... Não sei se era por causa do cigarro ou do luar, mas me sentia feliz e em paz pela primeira vez depois da morte da minha avó... Não ficaria zangada nem mesmo se o Alexei tivesse dito que estava apaixonado por mim. Mas ele fez uma coisa melhor. Segurando o meu queixo, ele me puxou para si. Senti os seus lábios tocarem os meus...

– ...

– Senhora Rosella?

– ...

– Zelda, deixe a senhora Rosella descansar um pouco. Se quiser, apague a luz. Poderia trazer o meu guarda-chuva? É melhor eu ir embora.

12

– Na semana passada eu apaguei antes de ouvir o final da sua história.

– Fez bem, pois a senhora estava cansada.

– Espero que não tenha sido vergonhoso.

– Por favor, senhora Rosella. O importante é que está melhor, não se preocupe.

– Mas o que aconteceu depois?

– Mas é sua vez hoje.

– É mesmo?

– Com toda certeza.

– Como está chovendo...

– Sim, o fundo do céu foi perfurado.

– Que expressão bonita... O fundo do céu foi perfurado... *Mein Gott*, tinha esquecido completamente.

– Há também "como água derramando-se do copo"...

– Ah, dessa eu me lembro... Mas não saberia dizer agora se a lembro de minha própria juventude ou da televisão.

– Assiste muito à televisão?

– Antigamente sim, ou seja, nos primeiros anos depois do falecimento do Aldo eu costumava ver mais. Por angústia, talvez. Mas agora menos... Causa dor nos meus olhos.

– O que a senhora vê?

– O que tiver... Filmes, novelas, programas de esportes... Qualquer coisa para me relembrar o turco.

– Música?

– Eu não consigo ouvir músicas turcas... O ritmo é muito cruel... Ele destrói seu sistema de defesa.

– Ah sim, concordo plenamente. Até as canções que você normalmente não ouviria na vida podem destruí-la se tiver alguma lembrança.

– É como se o seu coração fosse arrancado.

– Falou muito bem.

– Mas a noite que você me contou foi muito bonita. Aquele rio, aquela fumaça, aquela brancura... A última coisa de que me lembro é você fumando um cigarro com o Alexei.

– Se quiser ouvir outras coisas, terá que contar sua própria história.

– Você tem razão...

– Foi a senhora que pediu assim.

– Hoje estou me sentindo melhor... E o médico que veio ontem disse que eu posso fazer tudo sem me cansar.

– Está bem, então.

– Onde paramos?

– Na primeira aula para a senhorita Rengin. Depois ficou um longo tempo sem ver Enver Rigan...

– Sim... Alguns meses depois daquele dia, num domingo, enquanto me preparava para ir a Istambul para dar aula, Linet veio excitada e disse que naquele dia haveria uma matinê de poemas no Teatro de Drama de Tepebaşı. Ademais, junto com outros literatos famosos da época, Enver Rigan também leria seus poemas. Linet não queria ir sozinha. Como não tinha ninguém mais interessado em poemas, eu deveria acompanhá-la. Se voltássemos na balsa das cinco horas, poderíamos chegar a tempo para jantar.

– A propósito, você tinha se acostumado com o ambiente?

– Eu vivia como uma planta na tranquilidade de Büyükada. Meu único consolo era que a Tânia era uma criança alegre e amada por todos e crescia longe dos sofrimentos da humanidade. Nesse ínterim, duas cartas do Aldo chegaram. Cartas cheias de tristeza, que nos alcançaram meses depois de terem sido escritas. Numa delas, ele dizia que estava morando com um casal de idosos sefarditas, que conheceu através da associação de judeus da cidade. Deram-lhe um quarto, em troca de ajudar com as tarefas domésticas. Aldo gostava especialmente de jardinagem. Ele dizia que enquanto se ocupava do jardim conseguia aguentar a saudade da Tânia. Também dizia que estava tentando entrar no corpo docente da universidade como professor visitante. Pelo que entendi, ele mandou muitas cartas através da Cruz Vermelha, mas somente essas duas chegaram a nós. Ele pedia que nós mantivéssemos o ânimo, dizendo que esse pesadelo não podia durar para sempre e que a humanidade, cedo ou tarde, entenderia seu erro. *Quedavos en bon'ora...*

– Como disse?

– Fique bem... Ele não mencionou nenhum problema sério além da vida de refúgio que levava longe de sua família. Ele era um homem forte e firme, especialmente em relação a grandes desastres.

– Jaqueline?

– Nunca a vi como uma pessoa má, *mademoiselle*... Era somente uma moça triste e sem sorte. Ela achava que tinha sido injustiçada e envenenava seu coração com esse pensamento. E, como todo mundo que tem veneno no coração, ela não perdia oportunidades de soltá-lo...

– O que ela fez, por exemplo?

– Uma das piores coisas que ela fez e que me machucou mais foi quando disse a todo mundo que a Tânia não parecia muito com o Aldo. Ela perguntava se eles tinham certeza de que a criança era do Aldo.

– Que é isso!

– Minha filha, você pode esperar de tudo nesta vida de um coração que sofre por amor... Tudo.

– Quando fala assim, essa coisa que se chama amor me parece mais simpática.

– E, quando você fala assim, me surpreende...

– Mas, veja bem, ela exagerou muito.

– Jaqueline era uma menina sensível. E todo mundo na família sabia disso. O que ela gostava mais no Aldo era de sua aparência, e não de sua pessoa. Não acredito que eles tenham dito uma palavra ao outro.

– E os pais?

– Da Jaqueline?

– Não, do senhor Aldo. Como eles a tratavam?

– O meu sogro era um homem de Deus. Depois que o conheci, comecei a entender Aldo melhor. Três vezes por semana ele ia a Istambul para a loja minúscula no Grã Bazar e vendia mercadorias que vinham de Paris... Passava seu tempo restante tentando inventar coisas estranhas em casa. Como havia herdado propriedades de seu pai, ele nunca foi obrigado a ganhar a vida em sua plenitude. Isso o forçou a procurar passatempos diferentes.

– O que ele inventou, por exemplo?

– Muitas coisas... Uma máquina elétrica de fazer iogurte, controle remoto para rádio, um aparelho simples que o impedia de dormir enquanto assistia a um filme no cinema, um aquecedor de bolso... Na verdade, a maioria delas eram exemplos amadores de coisas que iriam ser inventadas por outras pessoas com o tempo... Naturalmente ele era um homem um pouco distraído e distante. Sua cabeça estava sempre ocupada. Às vezes, era necessário até mesmo lembrá-lo do nome de Tânia...

– E a sua sogra?

– Ah, querida Rebeca... Minha preciosa Rebeca... Nunca na minha vida conheci uma mulher tão administradora como ela. Acho que como o marido era uma pessoa tímida, ela se dedicava à administração da família. Ademais, ela não conseguia controlar sua velocidade e também administrava a vida dos parentes. Fazia quarenta tipos de comida para o Sabá, colocava candelabros de prata em cima das toalhas branquinhas de mesa. Rebeca era uma rainha completa, não voava um pássaro sem que ela soubesse. Por essa razão, tivemos muito trabalho para esconder dela que íamos para a matinê de poemas.

– Por quê? Ela não gostava de Enver Rigan?

– Minha filha, naquela época, aos olhos da maioria, nós éramos membros de uma comunidade nociva. Mesmo que não tenhamos feito nada, poderíamos ser culpados a qualquer momento. Era o fim do mundo ir para uma matinê de poemas de um comunista.

– Senhora Rosella, onde exatamente era o Teatro de Drama?

– Naqueles tempos havia em Tepebaşı um parque grande defronte do Chifre Dourado... Ficava dentro desse parque. Algum tempo depois, fiquei muito triste quando ouvi que o teatro pegou fogo mais de uma vez. Por fim, demoliram-no.

– Com certeza devem ter construído um estacionamento em seu lugar.

– Não sei... Depois da aula de piano, eu ia me encontrar com Linet em Tokatlıyan para *déjenuer* e de lá íamos para Tepebaşı. Naquela aula, eu vi a senhorita Rengin muito triste. Em geral, era uma moça muito charmosa... Com seus cabelos ruivos à altura da orelha, seu nariz pequeno, seus olhos negros e grandes e seu pescoço fino, ela lembrava as mulheres francesas modernas... Mas, como disse, senti que havia algo. Ela não conseguia se concentrar na aula e tocava as sonatas sem atenção. Depois, começou a chorar de repente... Quando perguntei a razão, ela levantou sem dizer uma palavra e tirou um papel dobrado em quatro da gaveta da escrivaninha.

– Uma carta...

– Enver Rigan tinha escrito que tudo estava acabado entre eles e que era melhor para ela não criar expectativas... A razão que ele dava era que se apaixonara por alguém e essa paixão não permitia que ele pensasse em outra pessoa. Senti muita pena da senhorita Rengin... Naquela época eu não podia pensar que um artista que iluminava a alma humana com seus poemas pudesse ser tão egoísta.

– Para falar a verdade, ninguém consegue prever esses artistas.

– É verdade... Tentei consolar a pobrezinha e fui me encontrar com Linet, sentindo a tristeza que passou da moça para mim... Era um dia quente de verão. Caminhando rapidamente, chegamos ao teatro suando... O salão estava lotado. Havia pessoas de diversas classes. Em um lado havia pessoas pobres com jaquetas remendadas e sapatos sem lustre e no outro, senhores e senhoras intelectuais de óculos... E o cheiro de perfume que se espalhava dos camarotes... As filhas das famílias ricas interessadas em poesia... Claro que elas tinham receio de se misturar com o povo, por isso não se arriscavam a descer.

– Foram ouvir Enver Rigan?

– A maioria, sim... Aliás, depois eu viria a saber que ele foi criticado dentro do partido por causa dessas admiradoras. Aqueles que o invejavam afirmavam que ele fingia estar servindo à revolução, mas na verdade era um enganador.

– Então ele era uma estrela de verdade...

– Uma estrela de verdade... O último fazer sua leitura foi ele... Toda a plateia esperava-o com ansiedade... Eu e Linet estávamos nos nossos assentos no camarote.

– Junto com a alta sociedade...

– Claro... Nosso lugar era excelente. Quando Enver Rigan apareceu no palco, ouviu-se um suspiro em uníssono por todo o balcão. Primeiro, fez um discurso em que disse que Hitler estava condenado a ser derrotado, que nenhuma maldade poderia durar para sempre e todos o aplaudiram.

– O salão estava desabando...

– Desabando? Como assim, minha filha?

– Quis dizer o pessoal devia estar fissurado.

– Fissurado? O que é isso?

– Ou seja, deveria haver muitos aplausos e ovação...

– Eu devo anotar essas palavras... São engraçadas...

– Se quiser, eu as escrevo e lhe dou, senhora Rosella... Por favor, continue...

– Depois ele leu os poemas mais populares. Ele tinha uma voz harmônica que cativava o coração das pessoas. Mas aconteceu algo estranho enquanto lia o último poema... Agora minha memória está fraca e não me lembro exatamente, mas enquanto lia uma estrofe que falava do céu ele levantou a cabeça e nossos olhos se encontraram.

– Entre todas aquelas pessoas.

– Sim... Esse encontro durou um instante... Alguns segundos... Ele interrompeu o poema naquele momento e, sem falar nada, olhou para meus olhos. Ou melhor, para meu interior através dos meus olhos. De repente se recompôs, jogou seu cachecol para trás e continuou o poema; como se o intervalo que dera fizesse parte da encenação...

– Linet percebeu essa situação?

– Acho que não... A pobrezinha não podia nem imaginar essa possibilidade.

– O que vocês fizeram após o término?

– Decidimos fazer umas compras em Beyolu. Linet queria comprar um par de luvas de couro para si. Com a esperança de encontrá-las, entramos em algumas lojas abertas no domingo. A última loja estava tão lotada que decidi esperar em frente. Eu conhecia Linet, quando ela entrava numa loja, demorava pelo menos quinze minutos para provar as luvas... Atravessei a rua e comecei a olhar uns discos numa vitrine. Num canto vi o disco de Tânia Eskenazi, sobre o qual estava curiosa por um bom tempo. Achei salgado o preço que o vendedor grego me deu. Estava me preparando para uma boa barganha quando ouvi alguém me chamando pelo nome.

– E?

– Quando virei para olhar, Enver Rigan estava à porta. "Rosella Galante?", ele repetiu, como se quisesse ter certeza.

"Sim... sou eu", disse.

"Sou Enver...", ele disse, sorrindo, "nos conhecemos na casa da senhorita Rengin, você se lembra?"

"Claro...", eu disse, com um ar bastante civilizado. "Aliás, assistimos a você agora há pouco na matinê.". "Eu sei", afirmou sorrindo. "Você gostou?"

"Eu gosto mais de ler poemas em silêncio", eu disse. "Mas foi muito bonito. As damas adoraram."

"E você?"

"Eu?"

"Você gostou?"

"Isso é importante?", perguntei, querendo parecer mais interessada no disco.

"Você não sabe o quão importante é."

"Então eu gostei, sim..."

"Isso me alegra muito."

"Fico feliz em saber."

"Talvez nos encontremos de novo", ele disse. Mas não havia mais aquela confiança do começo na sua voz.

"Talvez...", eu disse, bem calmamente.

"Então me permita presenteá-la com este disco", disse com um último esforço.

"Tudo bem...", respondi. "Mas não precisa..."

– Senhora Rosella, você é o máximo.

– Imagine... Quando saí da loja com meu disco cinco minutos depois, Linet estava procurando por mim.

Ao encontrá-la, ela perguntou o que tinha acontecido, pois meu rosto estava todo enrubescido.

– Vocês conseguiram chegar a tempo na balsa?

– Chegamos... Ao entrar na balsa, me senti como se tivesse sido salva de um grande perigo, um grande desastre no último minuto. Enquanto Istambul ficava mais e mais longe, eu não queria pensar em nada mais do que em minha filha.

13

– Senhora Rosella, hoje eu não queria falar nada.

– Aconteceu algo que a entristeceu?

– Mais ou menos... Posso passar minha vez para você?

– É sobre seu pai?

– Em parte, sim.

– Vocês brigaram?

– Não. Nós nem nos falamos, imagine brigar.

– Então o que aconteceu?

– Sarkis...

– Sarkis, o doceiro?

– Sim.

– O que aconteceu com ele? Dedurou que você vinha aqui? Mas fique tranquila, *mademoiselle*, não há nada de mal nisso. Você pode dizer que está ajudando a fazer caridade para uma velha. Não acho que seu pai não vá gostar disso.

– ...

– Querida Pelin, se quiser, eu falo com seu pai...

– O problema não é o meu pai, senhora Rosella... É o próprio Sarkis...

– Ele fez algo indecoroso?

– Ontem ele me interceptou.

– Como?

– Eu tinha saído do dormitório para ir à escola, olhei e eis que ele estava diante de mim. Em sua mão havia um buquê de flores... Flores do campo...

– Ah...

– Ele me deu as flores e disse que me amava.

– O que tinha lhe dito?

– Aliás, estava bem em frente ao dormitório... Você não pode imaginar como me senti tola.

– E o que você lhe disse?

– Disse para ele não falar besteira... Pedi que continuasse seu trabalho de espionagem sem me incomodar.

– Como era o tom da sua voz?

– Duro.

– Muito duro?

– Acho que até gritei um pouco.

– E as flores?

– Peguei-as e as atirei para o lado.

– Você deve ter magoado o pobrezinho.

– Senhora Rosella, às vezes não acredito em você.

– Por quê?

– Acho que não devemos lamentar por um imbecil.

– Eu, por minha vez, não entendo sua raiva... À sua volta há muitas pessoas que lhe declaram amor. Que diferença faz um a mais ou a menos?

– Mas não é assim.

– Como assim? Como Alexei e o outro, ele também tem... Como era mesmo o nome do grego?

– Dimitri.

– Sim,

– Sim, como o Dimitri, ele também tem o direito de experimentar sua sorte, não tem?

– Tem?

– Por que não? Por não ser rico como eles?

– Por favor, senhora Rosella, a senhora fala comigo como se não me conhecesse.

– Quem sabe quantas coisas não sabemos uma da outra, *Fräulein*. Afinal, nos conhecemos há pouco tempo.

– A senhora sabe qual é o problema. O Sarkis é o homem do meu pai. É um espião pago pelo meu pai...

– Isso também está certo. Será difícil para ele continuar com sua função.

– Não continuará.

– Como?

– Ele disse que abandonou a tarefa.

– Não acredito.

– Olha para fora da janela...

– Deixe-me dar uma olhada... Sim, realmente não está lá... Ah, meu Deus, tínhamos nos acostumado a vê-lo na esquina.

– Logo vem outro, não se preocupe.

– Depois você o deixará apaixonado e o problema será resolvido.

– Muito engraçado, senhora Rosella...

– Mas você também é engraçada. Você se entristeceu por causa disso?

– E meu pai fica me ligando que nem um maluco... Sou obrigada a diminuir o volume do celular. Quando sair daqui, com certeza verei mil e quinhentas chamadas não atendidas.

– Ele deve estar preocupado.

– Isso quer dizer que o Sarkis não está trabalhando bem. Um minuto, senhora Rosella, tenho uma ideia.

– O que é?

– E se eu pedir ao Sarkis que entregue o relatório errado para meu pai? Tenho certeza de que ele não vai rejeitar o meu pedido... Aliás, ele não se cansará... Ele pode inventar alguma coisa de onde está: "A senhorita Pelin olhou para os peixes no aquário da cidade por sete horas... Não aconteceu nada... *Stop*...".

– Você não deve estar falando sério.

– Por quê? Na minha opinião, é uma boa ideia.

– *Mademoiselle*, você vai se aproveitar do ponto fraco do garoto?

– Um pouco...

– Um pouco?

– Mas e daí? Se ele está apaixonado, ele deve pagar o preço.

– *Fräulein*, talvez você não respeite o amor, mas na verdade ele não é um sentimento digno de humilhação. Nesta vida eu conheci mulheres que sofreram tortura dos nazistas para não entregar o seu amado. Vi homens que se sacrificaram somente para que suas amadas pudessem fugir para além da fronteira e eles foram mandados para Auschwitz ou Treblinka... Conversei com mulheres que correram para as barricadas para ficar junto de seus amados durante o cerco a Leningrado... Meus olhos idosos testemunharam o lado mais nobre do amor do qual você zomba. Por essa razão, é muito difícil entender o que você quer dizer, perdoe-me.

– ...

– ...

– ...

– ...

– Senhora Rosella, sou uma pessoa desprezível.

– Não.

– Eu sou assim... Não respeito nada nesta vida...

– Não fale assim, *mademoiselle*, não precisa exagerar... Você somente está ferida. Como todo mundo, como todos nós... Ou seja, você está ferida tanto quanto a Zelda ou eu.

– Claro que não, senhora Rosella, não se pode comparar com o que viveu...

– A vida de cada um é única, *mademoiselle*. Não importa se foi por Adolf Hitler ou nossa mãe... As feridas causadas nas nossas vidas doem para sempre.

– Gostaria que não fosse assim, senhora Rosella...

– Esse Sarkis é bonito?

– Por favor, não faça isso...

– Devemos sentar e chorar pelo nosso destino? Sabe de uma coisa, esse papel de vítima não combina com você... Você está na flor da idade, senhorita, em suas mãos há a coisa mais valiosa do universo, ou seja, sua juventude. Se eu tenho um ponto forte, seria o fato de nunca ter aceitado o papel de vítima...

– Não sei, senhora Rosella, talvez tenha razão...

– Estou falando sério, como é esse Sarkis?

– Já não o viu pela janela muitas vezes?

– *Mademoiselle*, você não espera que uma mulher de oitenta e oito anos veja nitidamente algo que está a cinquenta metros de distância. Estou perguntando como é a aparência dele.

– Não faz o gênero disputado.

– Como assim?

– Um garoto que é considerado comum. Cabelos pretos bem curtos, olhos negros, um nariz pequeno...

– Em que idioma falou com você?

– Falou em turco... Na verdade começou em francês, mas continuou em turco.

– Ele deve ser um armênio istambulita... Conheci muitos armênios em Büyükada. Eles não parecem com os judeus, mas são pessoas boas. Peço-lhe para não magoá-lo a não ser que ele a incomode. Talvez ele também esteja longe da sua terra.

– De qualquer forma, o que eu posso fazer, senhora Rosella? Não vou invadir a doceria do cara.

– Olha, eu não sei, espera-se tudo de você.

14

– Essa não é a final do Aberto da França de 1999?

– Sim, *mademoiselle,* muito bem!

– Qual canal é esse?

– Não sei o nome, mas no canto da tela há uma letra Z dentro de um círculo.

– Interessante... Nunca ouvi falar.

– No verão, trocando de canais, encontrei-o por acaso. Todo dia mostram uma das finais de tênis antigas. Você se lembra dessa partida?

– Claro que sim... No final, Steffi Graf ganha e Martina Hingis, chorando, abraça a mãe dela.

– É mesmo? Vamos ver, pois eu não me lembro dessa parte.

– Sim, aliás, até a cerimônia da premiação passou com toda essa choradeira...

– Como assim?

– Assim mesmo... Como uma criança...

– Ah, você tem habilidade de imitar!

– Eu não quero me gabar, senhora Rosella.

– Como disse?

– Quis dizer que você tem razão, eu tenho um pouco.

– Você consegue imitar outras pessoas?

– O meu pai, por exemplo.

– Sério? Imite-o.

– Olhe para mim, senhorita, pensar no seu futuro é a minha principal preocupação. Mesmo que eu tenha que fazer isso apesar de você!

– Nossa...

– Como ficou?

– O seu pai fala assim com você?

– Especialmente se a namorada está a seu lado. Quando estamos sozinhos, ele e eu, sua fala parece um pouquinho mais com a das pessoas normais.

– Para falar a verdade, Graf é melhor.

– Se você quiser, posso trazer o meu computador da próxima vez. Podemos procurar e assistir a qualquer partida que você quiser no YouTube.

– O que é isso?

– Um *site* da internet. Há todo tipo de imagens lá dentro.

– Há coisas indecentes também?

– Não... Quero dizer, não sei; não encontrei nada disso.

– Quando o assunto é internet, sou um zero à esquerda, infelizmente...

– Não faz mal, eu a ensino.

– Promete?

– Claro que sim... A senhora jogava tênis quando estava em Istambul?

– Não me lembro...

– Como assim?

– É assim... Para alguns assuntos existe um enorme vazio na minha memória... E o tênis é um deles.

– Mas, graças a Deus, lembra-se de tudo o mais.

– Não tudo, minha filha. Mesmo se eu me exaurisse, há tantas coisas das quais não me lembro bem...

– Tipo o quê?

– Por exemplo... Gostaria muito de lembrar do sabor dos *bimuelos* de batatas, *horasis*, xaropes que a Rebeca fazia para o Sabá. Também as fofocas que começavam em francês e continuavam em ladino, que eu não entendia... E como a Tânia cresceu durante aqueles cinco anos! Quem sabe o que ela aprendeu no dia a dia e como mudou lentamente.

– Onde ela está agora?

– A Tânia?

– Digo, ela está viva?

– Sim, está, graças a Deus, não se preocupe. Até onde eu saiba, sua saúde está bem e está bem feliz. Ela se casou com um americano e se fixou em Nova York. E tem dois filhos crescidos. Um deles é médico.

– Creio que vocês não se vejam com frequência.

– A última vez que vieram foi para o enterro do Aldo. A última visão que tenho dos meus netos é daquela época.

– Espero que não haja nenhum ressentimento.

– Após ela ter ido para os Estados Unidos, a distância sentimental cresceu pouco a pouco, infelizmente. O marido dela é um bom homem; vem de uma família de refugiados da Alemanha... No começo, ele insistiu para que eu ficasse com eles. Mas, como eu sabia que a Tânia não queria, eu não pude aceitar.

– É sério que não queria?

– Até hoje posso dizer que ela não quer.

– Mas por quê?

– Paciência, *mademoiselle*... Se eu der a resposta agora, que graça resta em contar a história?

– Estou ouvindo com curiosidade.

– São os últimos dias de agosto... O outono já se faz sentir...

– Fico doente com suas frases de introdução...

– Doente?

– Continue, senhora Rosella, sou toda ouvidos.

– A família se preparava para voltar a Istambul. Quanto a mim, precisava ir à cidade duas vezes por semana, pois, através da recomendação da senhorita Rengin, dava aula para a irmã de uma amiga dela em Şişli.

– A senhorita Rengin ainda sofria com a separação?

– Ela se comportava como se tivesse esquecido, mas de vez em quando passava uma tristeza nos seus olhos. Ela amou muito o Enver e sofreu muito com um amor não correspondido.

– Ela devia estar curiosa em saber qual era a pessoa mencionada na carta.

– De fato, ela estava acostumada com Enver ter casos passageiros, mas dessa vez sentia que a situação era séria, por essa razão estava curiosa.

– E a "outra" era a senhora?

– Infelizmente... Eu ia descobrir essa verdade quando num domingo vi Enver na balsa.

– Ele estava indo para a ilha?

– Não, que ilha! Provavelmente ele estava me seguindo.

– Nossa...

– Eu estava sentada num canto da balsa olhando para a espuma. Por um lado, estava pensando na minha vida, que parecia aquelas ondas que começavam, acabavam e depois começavam novamente... De repente percebi-o. Como se estivesse lá por acaso, acenou para mim. Eu respondi com a cabeça. Ele veio e sentou-se ao meu lado.

"Que bela coincidência", eu disse.

"Não é uma coincidência", ele respondeu. "Desde que você saiu da casa de Rengin a sigo."

"Por quê?", perguntei. "Em que posso ajudá-lo?".

"Você pode me ouvir", ele pediu. "Porque temo ter me apaixonado por você".

– Senhora Rosella, se fosse eu, teria me jogado no mar naquele momento.

– Provavelmente o que era necessário era isso. Mas, de qualquer forma, tinha um lado encantador. Imagine, por favor, um poeta que conquistou o coração das mulheres se declarar para você. Ele está dizendo que você é a mulher mais bonita que já conheceu, que sonha com você.

– E a senhora acreditava.

– Claro que acreditava... O homem que estava na sua camiseta na semana passada... Qual é o nome mesmo?

– Kurt Cobain?

– Sim, ele... Se ele se declarasse para você, o que você faria?

– Mas ele não está vivo.

– E se estivesse?

– Provavelmente entregaria a minha alma.

– Ainda bem que eu não fiz isso.

– O que a sennhora fez?

– Olhei para a Torre de Leandro, pela qual estávamos passando em frente e disse com orgulho: "Senhor Enver, eu sou uma mulher casada".

– Muito bem... O que ele respondeu?

– Fez como se não tivesse ouvido... Falou que o amor verdadeiro dá força para aguentar. Segundo ele, a polícia política o vinha molestando muito ultimamente. Eles iam todos os dias para o local onde ele trabalhava. Mas nada tinha importância quando comparado com a força do amor que florescia dentro dele.

– Entendo...

– "A senhorita Rengin está muito triste", afirmei, para desviar do assunto. Ao mesmo tempo estava pensando como ia terminar nossa viagem de uma hora e meia sem falar alguma coisa errada.

– "Rengin é uma boa garota", ele disse, olhando para a distância com seus olhos da cor de uma ameixa verde. "Mas seu mundo intelectual foi formado nas mãos erradas. Por isso ela não sabe o que esperar da vida. Ela quer ser tudo, quer possuir tudo. E, quando isso não acontece, ela fica magoada e triste."

– "Mas ela o ama", contrapus com ênfase.

– "Pode ser", disse e continuou: "E eu a amo. Com todas minhas forças".

– "Isso é algo impossível...", respondi. – "Você não me conhece".

– "Pois, o sentimento que sinto ganha sua força dessa impossibilidade", ele disse, elevando a voz repentinamente."

– Senhora Rosella, eu quero chorar!

– Pode parecer estranho para você, *mademoiselle,* mas naqueles tempos os poetas ainda podiam dizer tais coisas a suas amadas... Ademais, ninguém achava isso engraçado.

– Ah, vejo que você protege Enver Rigan...

– Só estou defendendo as minhas lembranças, *Fräulein*... Eu as respeito e espero o mesmo dos outros... Pois paguei um preço mais do que necessário nesta vida.

– Agora ficou com raiva de mim?

– *Nein*, não fiquei.

– Ofendeu-se, então.

– Não, por que me ofenderia?

– Quer que eu vá embora?

– Você é quem sabe.

– Também posso ficar se quiser.

– Eu já disse, você é quem sabe.

– Mas talvez esteja passando outras partidas na televisão.

– Não sei, o controle remoto está lá.

– Você quer assisti-las?

– Pode ser... Mas já que estamos sentadas, vou pedir para Zelda trazer um licor.

– Talvez um dia joguemos tênis.

– Ah, *mon enfant*, se você tivesse perguntado há dez anos, eu teria respondido afirmativamente. Mas, agora, para eu me levantar desta poltrona e ir para o jardim seria um milagre.

– É mesmo? Por que você nunca vai ao jardim?

– Pois chove todos os dias, *mademoiselle*.

– Hoje não está chovendo, por exemplo... A senhora não gostaria de ir?

– Muito agradecida, mas talvez uma próxima vez... Quanto à sua proposta de jogar tênis, o maior sonho durante minha vida foi jogar numa final de campeonato. E não precisava ser o de Wimbledon; estaria contente com um campeonato pequeno onde os amadores participassem. Queria que o troféu ficasse bem ao lado da rede para que pudesse olhar para ele e vencer meu adversário. Esta era a única ambição da Rosella que viveu a vida longe de todos os tipos de desejos grandiosos... Uma final... Uma final de campeonato de tênis...

– E Enver Rigan? O que você sentia por ele?

– Amor...

– Paixão?

– Não sei... Enver Rigan, como qualquer poeta, era um homem ambicioso quando se tratava de amor. Entretanto, eu devo ter conseguido educar os meus sentimentos com uma disciplina germânica. Se bem que, nem querendo fazer o contrário, a sociedade da época não me deixaria viver isso.

– Mas, provavelmente, você foi cedendo lentamente.

– No início, a admiração dele satisfazia meu ego e eu gostava disso... Eu não tinha nenhuma dúvida de minha fidelidade ao meu marido, mas afinal eu era uma mulher jovem e ser admirada por um homem me deixava muito feliz. Após voltar a Gálata junto com a família, recebi uma carta dele. Como nos romances escritos no século dezenove, a carta foi deixada em frente à minha janela. Enver escreveu que ia visitar um amigo num sanatório em Heybeliada dois dias depois e ficaria muito contente se eu pudesse acompanhá-lo. Segundo o que disse, a condição do amigo era séria e talvez encontrar-se com um anjo como eu poderia dar-lhe forças para viver...

– Uma proposta pretensiosa.

– Eu não consegui dormir naquela noite... Li de novo e de novo a carta que tinha sete ou oito linhas no total...

Tentei decidir se aceitaria ou não... A conversa entre uma mulher casada e um homem solteiro sentado ao lado numa balsa era uma situação muito estranha... Finalmente decidi que nunca deveria fazer isso e consegui dormir em paz... Mas de manhã, quando acordei, estava eu diante de minha sogra dizendo que tinha que dar uma aula de piano em Moda no dia seguinte.

– Como vocês se encontraram?

– Na carta ele dizia qual balsa pegaria... Durante a viagem tratamo-nos como se fôssemos dois estranhos. Eu lia um romance em francês que havia trazido comigo, e ele escrevia algumas coisas no caderno pequeno que tirara do bolso. Não sei por que, mas pela primeira vez estava me sentindo calma e em paz ao lado dele desde que tinha chegado a Istambul. Me sentia como uma parte da cidade. Falamos somente uma vez durante a viagem. Ele levantou seus olhos do caderno quando a silhueta da ilha que realmente parecia um alforje surgiu à distância e disse "Tudo é uma dúvida", olhando para meus olhos: "Este universo é uma dúvida caprichada de um deus desconhecido... Parece que estamos esperando a decisão dele para chegarmos ao fim...".

– Talvez tenha sido o poema que ele escreveu naquela hora...

– *Peut-être*... Na verdade poderiam ser palavras que foram ditas para mim ou para uma pessoa na sua imaginação... Mas eu era uma moça educada o suficiente para saber que não deveria perguntar a um poeta o que ele queria dizer... Somente sorri educadamente... Então ele quis contar sobre o amigo que íamos visitar. "Meu irmão Rüştü é um poeta muito talentoso", disse. "Ele é o filho de um professor de um vilarejo em Zonguldak.

Alguns anos atrás ele teve que parar de estudar por causa de uma doença. Tornou-se então um funcionário público da Receita. Quando sua doença avançou, há alguns meses, com insistência minha e dos amigos, ele concordou em ficar no sanatório em Heybeliada. Ele é um jovem que passou pobreza e sofrimento em sua vida. Mas mesmo assim você verá que ele não perdeu a esperança até quando luta com a morte".

– Tudo bem, mas não entendi por que ele queria apresentá-la para ele.

– Talvez ele quisesse formar um laço entre nós dois, compartilhando um assunto confidencial. Todavia, o jovem que conheci no sanatório não era nem tão vivido como eu esperava, nem tão esperançoso como ele havia falado. Ao contrário, encontrei um homem nervoso e uma alma cansada de carregar seu corpo fraco. Eu me lembro de eles terem falado sobre a guerra, poesia e um pouco de fofoca. Mesmo quando Enver lhe dizia palavras encorajadoras, eu entendia que ele não tinha muito tempo para viver. A tuberculose, que era comum naquela época, tinha destruído o corpo e a alma do garoto. Quando entramos no seu quarto, ele me cumprimentou educadamente, mas depois disso não olhou para mim nem uma vez. Quando Enver pediu licença e saiu do quarto para fumar, eu entendi que a razão do comportamento do garoto era a vergonha profunda que ele sentia do sexo oposto. Quando ficamos a sós, ele baixou a cabeça e, após alguns minutos de silêncio, perguntou: "A senhora é a noiva do meu irmão Enver?".

– Não acredito...

– Primeiro não sabia o que dizer. Mas o Rüştü estava tão triste, tão necessitado de ouvir qualquer notícia boa que, segurando suas mãos, eu disse: "Sim, podemos dizer que estamos noivos... Você é muito bonita. Eu sempre sonhei em ter uma namorada tão bonita assim. Na maioria do tempo, escrevo meus poemas a um amor que vive nos meus sonhos. Se permitir, gostaria de escrever alguns poemas sobre você também...".

"Claro...", eu respondi, engolindo em seco, "claro que você pode escrever. Muito obrigada pelo seu elogio..."

– Naquele momento ele apertou minha mão com afeto e disse palavras que nunca consegui esquecer: "Peço um favor, cuide bem do meu irmão Enver... No fundo, ele esconde uma criança ferida, como todos nós... Sua postura orgulhosa e altiva é para proteger aquela criança e para esconder suas feridas. Você não deve se deixar enganar...".

– Quando pegamos a balsa das cinco horas, Enver adquiriu uma feição nova na minha mente. Olhei pela primeira vez o seu rosto, que sempre vi sob as luzes do palco, com uma piedade humana. Depois daquele dia, quando eu pensava nele, sempre me lembrava do que o irmão tinha dito.

– Senhora Rosella, verdadeiramente lembra-se de tudo isso ou são enfeites que fez agora?

– Você novamente está pensando que estou inventando.

– Não quero pensar, mas todos esses assuntos que cita com detalhes são tão...

– O quê?

– São tipo...

– Impossíveis para uma velha como eu?

– Quero dizer, não se ofenda, mas passou quase um século depois de tudo isso.

– E daí se passou?

– Está bem, senhora Rosela, deixe pra lá.

– Não, e daí se passou? Não é para ser obstinada com você, pergunto-o sinceramente.

– Quero dizer, a senhora deveria ter esquecido.

– Às vezes isso surpreende até a mim mesma, *mademoiselle*... Talvez você tenha razão, ao contar tudo isso a você posso estar enfeitando as cenas com descrições e frases. Talvez porque já pensei tanto nessas cenas em minha vida e as repeti tantas vezes na minha mente que, com o tempo, elas se tornaram descrições fixas de uma peça teatral. O que você está ouvindo, com certeza podem ser as descrições escritas na mente de uma idosa que se distanciaram da sua origem...

– Mesmo assim, ouvir é muito prazeroso...

– Aliás, sabe de uma coisa? Para mim tanto faz se é inventado ou não. Afinal, elas são minhas lembranças e têm que ressurgir da maneira que eu desejar. E você pode desistir de escutar quando se cansar.

– Realmente não tenho essa intenção.

– Talvez um dia, quando você tiver a minha idade, muitas lembranças que você acha que tenha esquecido agora vão surgir do fundo da sua mente como peixes mortos. Não somente as descrições, mas os sons, os cheiros invadirão sua mente. Sabe por quê?

– Não, por quê?

– Porque não haverá algo chamado *futuro* diante de você. E como o passado terá ficado para trás, você estará no tempo presente cheia de sombras indistintas que esperam para você criá-las novamente.

– Não diga assim, senhora Rosella, é muito...

– Posso dizer a parte pior disso?

– Sim, pode.

– Você perceberá com horror que agora está vivendo no mundo dos outros. Nenhum homem, nenhuma mulher, nenhum gato ou cachorro, ou nenhuma criança de sua juventude estará vivo mais... E eu lhe garanto, senhorita, que viver numa época estranha é muito pior do que viver numa cidade estranha. Mesmo quando você vive numa terra estranha, como um exílio, você tem a esperança de voltar para a sua terra um dia. Porém, a menos que inventem a máquina do tempo de que você falou, não há esperança de se livrar de uma época estranha. É uma saudade tão forte que não dá para explicar...

– Entendo...

– Eu creio que não...

– Senhora Rosella, juro que entendo.

– Ótimo, minha filha, isso não é algo que se possa entender com o intelecto humano. Mas é uma privação que se pode sentir com o coração... Mesmo que você esteja bem-intencionada e disposta, é impossível colocar-se no meu lugar...

– De qualquer forma, eu quis dizer isso.

– O quê?

– Ou seja, eu admito que não há possibilidade de eu entender a coisa que a faz lembrar do passado tão claramente. Bem, foi uma frase um tanto torta, mas foi isso que quis dizer...

– Sim, *mademoiselle*, entendi.

– Oh... Por fim nos entendemos.

– Nos entendemos em relação ao fato de que nós não nos entendemos.

– Pois é, isso já é alguma coisa.

– Quanto à sua primeira questão...

– Qual era a minha pergunta inicial?

– A questão de eu inventar ou não inventar.

– Está bem, senhora Rosella, eu fui respondida.

– Para finalizar, eu quero dizer uma coisa: quando você for idosa como eu, você vai sentir que vive no mundo dos outros e vai querer construir o mundo que pertenceu a você um dia com suas memórias. Na sua mão terá três coisas... Uma memória falha, sua imaginação e o maldito tempo presente que é composto dessas duas coisas.

– Em outras palavras, a senhora está dizendo que eu sei o que é a juventude, mas a senhora ainda não sabe o que é a velhice.

– Meu Deus, odeio essa ladainha. Ela é cansativa.

– A propósito, a Zelda esqueceu os licores...

– Não, fomos nós que esquecemos de dizer-lhe...

– Exato, que cabeça.

– Zelda! Zelda, onde você está?

15

– Seja bem-vinda, Pelin, hoje a vejo um pouco quieta...

– Esta cidade me entedia muito...

– Eu sei, minha filha...

– Mas não me aborreço de um jeito comum, senhora Rosella... Às vezes parece que dentro de mim há uma bomba-relógio prestes a explodir a qualquer momento.

– Também sei disso...

– Você não sabe uma coisa, eu fico especialmente bolada comigo mesma quando faço poses de uma jovem deprimida.

– Bolada? Como...

– Quero dizer, eu me odeio. Quando olho para mim mesma de fora, a imagem que vejo não me agrada nem um pouco.

– Na minha opinião, esse é o seu problema de qualquer maneira.

– Qual?

– Você olha de fora para si mesma demais... Essa é uma doença da juventude...

– Pois esses diagnósticos estão me destruindo...

– Por quê? Há outras pessoas que dizem isso?

– Claro que há.

– Quem?

– Adivinha quem é...

– Seu pai...

– É.

– Mas isso não é algo excepcional... Mães e pais frequentemente falam frases assim.

– Mas elas se tornam mais horripilantes na boca do meu pai.

– Vocês voltaram a se falar novamente?

– Obrigatoriamente... Quando Sarkis começou a desleixar do seu trabalho, eu comecei a receber vinte chamadas perdidas por dia e quinze mensagens de texto. Por fim eu atendi o telefone e começamos a conversar.

– E o que ele disse?

– Que estou num período muito sensível da minha vida, que ele tem medo de que eu tome decisões erradas etc.

– *Mademoiselle*, por que você não acha provável que ele a ame?

– Eu acho provável, senhora Rosella... O que me deixa nervosa é o jeito que ele me ama.

– Você acha que ele é um pouco egocêntrico com você?

– O que significa egocêntrico?

– Interesseiro.

– Sim, acho-o muito egoísta. Ele somente está tentando evitar problemas que eu possa causar para ficar sossegado com aquela namorada que parece um cavalo de corrida.

– Que problemas você pode causar?

– Por exemplo, eu poderia começar a usar cocaína... Posso ficar grávida... Posso servir de mula para a máfia turca...

– Mas esses não seriam problemas dele.

– É claro que seriam.

– *Mademoiselle*, todos são responsáveis pelos seus próprios atos.

– Mas, senhora Rosella, ele é o meu pai!

– E ele tem uma vida para viver.

– Como minha mãe?

– Sim... Exatamente como a sua mãe.

– Espero que você não tente me convencer a entender a minha mãe.

– *Mademoiselle*, estou velha o suficiente para saber que ninguém pode convencer o outro. O máximo que posso fazer é ajudá-la a ver a situação de um outro ângulo.

– Senhora Rosella, essas são palavras muito políticas.

– Como queira.

– ...

– ...

– Sinto muito.

– Não, *mademoiselle*, não fale assim, por favor.

– Eu me comportei de maneira rude novamente, não é?

– Até na sua rudeza há graça.

– Eu sou burra, deprimida e retardada. Por essa razão, nada anda bem na minha vida.

– O que é que não anda bem na sua vida?

– Nada... Tudo vai mal...

– Suas aulas não estão indo bem?

– Não, não estão.

– Você foi infectada por alguma doença séria?

– Ainda não...

– O seu coração está sem um dono?

– Ora, senhora Rosella...

– Olhe, eu não conheço sua mãe... Não sou tão burra para defender alguém cuja personalidade não conheça. Mas gostaria muito de escrever uma carta para ela e perguntar quais são suas orações.

– Você acha que isso funcionaria?

– Você já foi à Igreja Hagia Yorgi?

– Que está em Büyükada?

– Sim.

– Não, nunca fui.

– Naquele tempo eu costumava ir quando ficava entediada. Talvez você saiba, até chegar à igreja tem que subir uma ladeira. Não sou especialista em cristianismo ortodoxo, mas, pelo que saiba, aquela ladeira é um tipo de epifania do sofrimento. Afinal, não importa qual seja sua religião, você acende uma vela e reza. Além disso, algumas pessoas escrevem suas orações em papéis pequenos e os deixam na igreja. Sabe o que é mais interessante?

– Que as orações são as mesmas?

– Muito bem, *mademoiselle*... As orações não mudam. Pessoas de diferentes religiões fazem suas preces naquela igreja na Ilha dos Judeus e elas pedem as mesmas coisas a Deus. Meu Senhor, me dê saúde e bem-estar... Me dê um casamento abençoado... Me dê um filho abençoado... Não permita que me envergonhe diante de minha família... Que as obras de minhas mãos prosperem... Os que são um pouco mais generosos pedem pelo fim das guerras, pela confraternização entre as pessoas...

– Agora também é assim?

– Muito provavelmente... A Hagia Yorgi não é um local que mudará facilmente...

– E qual você acha que era a oração da minha mãe?

– Eu não posso saber... Você deve perguntar isso a ela...

– Estou me sentindo mal, senhora Rosella...

– Acho que a aborreci...

– Por favor, não diga isso... É que eu não estou acostumada com esses assuntos de mãe e pai.

– Como queira...

– Você quer mudar de assunto?

– Está bem. Sobre o que falaremos?

– Não sei... Tênis, por exemplo?

– Não tenho a mínima vontade.

– Por favor, continue contando...

– Está bem... Mas, um momento, como chegamos a esse assunto?

– Da minha mãe...

– Do que falávamos anteriormente?

– Do meu pai...

– O seu pai não parava de ligar para você. Depois de...

– Depois de o espião que estava atrás de mim desistir.

– Ah! Isso mesmo...

– O que aconteceu?

– Há dois dias ele veio para cá.

– Quem?

– O seu confeiteiro.

– O Sarkis?

– Sim.

– O que significa "ele veio para cá"?

– Ou seja, ele me visitou.

– O que significa "ele me visitou", senhora Rosella?

– Por que não?

– Não, eu não acredito. Que audácia!

– Espera, não fique zangada tão rápido.

– Como não fique zangada, senhora Rosella? Como ele pôde vir? Como ele teve coragem de fazer isso? Quem esse estúpido pensa que é?

– Eu acho que você está exagerando.

– E o que ele queria?

– Conversar.

– Sobre o que ele queria conversar?

– Do interesse que tem em você...

– Senhora Rosella, diga que isso é uma brincadeira, por favor.

– Ao contrário... Ele falava bem sério.

– Estou tentando ficar calma, mas isso está passando dos limites, entende? Sem nenhuma vergonha ele vem e bate à sua porta? Com que direito?

– Ah, Zelda, desta vez você chegou bem na hora certa. *Mademoiselle*, um licor?

– Não, obrigada.

– Mas isso acalma.

– Estou calma!

– Está bem, não fique zangada, por favor.

– Não estou!

– Mas o garoto não fez nada que pudesse envergonhá-lo. Ele veio e conversou educadamente.

– O que lhe disse?

– Não disse nada. Respondi às suas perguntas, além de conversarmos um pouco, só isso.

– O que ele queria?

– Ele desabafou comigo que você mal o conhece.

– É errado? Eu nem mesmo o conheço, senhora Rosella! Para mim ele é um intrometido que não larga do meu pé por dinheiro.

– Tudo bem... Ele não quer se intrometer na sua vida. Ele quer fazer amizade com você.

– E por que eu ia querer isso?

– Você é quem sabe... Eu não posso me meter nisso.

– A senhora, às vezes, se torna muito...

– O quê?

– Sei lá, parece que não entende a seriedade da situação.

– *Mademoiselle*, um judeu passa a vida levando a sério até as pequenas coisas.. Eu levo a sério os sentimentos do Sarkis.

– Mas não leva os meus.

– Será que você não está sendo injusta comigo?

– Não sei, senhora Rosella.

– O garoto bateu à minha porta, o que eu poderia fazer?

– Não deveria ter aberto a porta.

– Olhe, querida Pelin, com quem você faz amizade é um assunto seu, assim como abrir minha porta para quem eu quiser é um assunto... Aliás, ele é um garoto muito educado e respeitoso. É um jovem armênio muito humilde... Ele está extremamente preocupado com a situação em que se encontrou enquanto a seguia... Segundo ele, teve que aceitar este trabalho, pois a ordem vinha de uma autoridade. Não fosse assim, ele não gostaria de largar o trabalho na doceria, que ama muito... Desculpe, por que você está rindo?

– Acho que estou rindo de nervosismo...

– Seu maior sonho é um dia abrir sua própria confeitaria em Istambul... Aliás, quando veio, ele trouxe um bolo... Muito fino, de caramelo... Quer que a Zelda lhe traga um pedaço?

– Não quero, senhora Rosella, obrigada.

– A propósito, sabe de uma coisa? Ele também viu o anúncio que eu tinha colocado no jornal e ficou muito curioso em saber quem estava procurando alguém que falasse turco...

– Ele deveria ter se candidatado...

– Disse que até pensou nisso, mas como teve que segui-la não podia fazê-lo.

– Que coisa de Deus...

– Realmente...

– Não sei o que dizer.

– Saiba de uma coisa, não há nada para você se sentir desconfortável. Ele é um jovem muito tímido... Enquanto a seguia, ele começou a se interessar por você... pensando na sua beleza, é claro que não podemos culpá-lo.

– Ah, a senhora é muito gentil.

– A decisão é sua, mas, por favor, não o magoe.

– Você já repetiu isso antes, por que eu o magoaria? Nem o conheço bem.

– Somente quis alertá-la...

– Eu pareço alguém que machuca os outros, na sua opinião?

– Não quero mentir: às vezes você parece, sim.

– Eu já a machuquei, por exemplo?

– Não...

– Então...

– Nós somos amigas... Somos confidentes... Mas o outro assunto é diferente.

– Qual outro assunto?

– Amor, senhorita.

– Ah... Chegamos àquele assunto.

– *Mademoiselle,* o que há de errado nisso? Por que a assusta tanto alguém apaixonar-se por você? O fato de sua mãe tê-la abandonado não significa que tudo...

– Sim?

– ...

– Senhora Rosella, tudo o quê?

– Deixe para lá...

– Continue, por favor...

– Deixe para lá, *mademoiselle*... Peço desculpas... Fui longe demais...

– Não se zangue... Eu sou uma cabeçuda... Não sei... Preciso pensar...

– Eu disse coisas que somente uma amiga verdadeira diria... Eu prometo não entrar nesse assunto a menos que você queira...

– Enfim... O bolo está realmente bom?

– Sim... Muito delicioso.

– Então vamos comer um pedaço. Apesar de estar de dieta...

– Ora, Pelin querida, você não precisa de dieta... Vou dizer para a Zelda trazê-lo agora.

16

– Por fim um dia ensolarado!

– Sim, eu adoro dias assim. Aliás, finalmente estamos no jardim.

– Você não precisa se preocupar com essa mangueira, *mademoiselle*, a Zelda pode resolver isso mais tarde.

– Não há problema, está somente entupida.

– Eu comprei essas cadeiras de ferro forjado com o Aldo, em Salzburg.

– A senhora sente saudades?

– Do Aldo?

– É.

– Há um tempo não havia outra coisa que fazia senão sentir saudades dele.

– E agora?

– Não sei... O nosso reencontro se aproxima de alguma forma.

– Lá vem a senhora de novo.

– Sou uma mulher velha e doente.

– Ora, senhora Rosella.

– *Mademoiselle*, qual é o dia de seu aniversário?

– Vinte e três de fevereiro.

– *Mein Gott*! Peixes!

– Sim, na verdade eu sou uma criança do inverno. Mas eu não gosto de frio e neve. E o seu, quando é?

– Vinte e seis de maio.

– E qual é o seu signo?

– Gêmeos.

– Não falta nada para o seu aniversário. Somente oito Sabás...

– Sabe por que eu gosto do signo de peixes?

– Por quê?

– Porque não é rancoroso. Sabe esquecer.

– Ah, a mangueira desentupiu! Tinha grama dentro.

– Você é assim?

– Como?

– Você sabe esquecer?

– Eu não sou um bom exemplo do signo de peixes, senhora Rosella.

– E por que não?

– Não sou muito sentimental.

– Você... Não é sentimental...

– Sim. Sou que nem um toco, sem sentimentos.

– Eu sei por que você fala assim.

– Eu também sei. Porque sou um toco.

– Não, você quer parecer assim.

– Talvez.

– Pois você tem medo de se machucar.

– Pode ser, senhora Rosella. Onde ponho a mangueira?

– Deixe como está... A propósito, sua calça ficou suja de barro.

– Não tem importância. Sim... Hoje não tem bolo?

– Não tem... Você não o viu?

– O Sarkis? Não, ele não aparece muito nas redondezas. Com a felicidade de se livrar de mim, acho que ele se dedicou à doceria.

– Você quer uma torta?

– Demorou.

– Minha querida Zelda, eu também quero uma fatia da famosa torta. Ao lado há uma limonada também.

– Deixe-me perguntar algo, senhora Rosella.

– Pois não.

– Ninguém a viu com o Enver Rigan?

– Como?

– Não houve fofocas? A comunidade judia não era grande, nem mesmo naquela época, era?

– Sabe de uma coisa, o número de judeus na Istambul daquela época era dez vezes maior... E isso aumentava o risco de ser visto por um judeu...

– Como vocês se encontravam?

– Frequentemente eu ia para o jornal em Caalolu, onde ele trabalhava. Ele era um revedor.

– O quê?

– Um revedor, *mademoiselle*... Tipo... um revisor...

– Sim.

– Tinha um quarto pequeno com uma vista para o pátio estreito e sem forma. Na verdade, era um lugar deprimente, mas estávamos tão felizes juntos que gostávamos do nosso quarto... Por um lado, ele falava sobre trabalho para quem passava por lá, e por outro lado abria seu mundo interior para mim.

– Mas quem passava por lá não perguntava quem era aquela loira?

– Ele dizia que eu era sua prima.

– Com certeza eles devem ter acreditado...

– Provavelmente... Porque por um bom tempo não aconteceu nada de errado... Após acabar seu trabalho, saíamos e passeávamos juntos nas ruas da antiga Istambul.

– Aonde vocês iam?

– Fatih, Cankurtaran, Vefa... Às vezes para Eyüp ou Gülhane. Havia uma casa de chá bonitinha nos becos de Laleli. Quando fazia frio, sentávamos ao lado do aquecedor. Posso dizer que conheci a verdadeira Istambul muçulmana com Enver Rigan. Foi ele que me mostrou o lado especial da cidade.

– Ele era religioso?

– Quem? O Enver?

– Sim.

– Minha filha, o homem era um comunista...

– Ou seja?

– Era ateu. Não cria em Deus. Era um homem que aceitou a filosofia materialista... Mas sempre dizia que no fundo do coração se sentia muçulmano. Sua falecida mãe era uma mulher religiosa. Na sua família havia hafizes[12] e dervixes. Na sua casa sempre havia recitação do Alcorão. Era curioso em aprender sobre o judaísmo. Como Marx era originalmente judeu, ele tentava entender o nosso mundo espiritual.

– O Marx do marxismo?

– Não pode ser Groucho Marx, não é...

– E quem é esse?

---

12 Título concedido a alguém que memorizou o Alcorão. (N.T.)

– Você nunca ouviu falar de Arshak Palabiyikian?

– Não.

– Os Três Mosqueteiros[13]?

– Bem...

– Não ligue, *mademoiselle*, por outro lado, eu não conhecia a Şebnem Ferah.

– Ah, ainda bem que você me lembrou. Trouxe comigo, podemos escutá-la talvez.

– Mas não temos equipamento nesta casa...

– Tenho um reprodutor de CD na minha bolsa. Trouxe duas caixas de som também. Vou pegá-las.

– Onde vamos tocar?

– Em cima da mesa... Aqui está o reprodutor... E estas são as caixas... Tem pilhas também...

– Como você é tecnológica.

– Na verdade, não sou. Faz tempo que o CD saiu de moda, mas eu ainda gosto.

– Assim como eu não consigo desistir dos discos.

– Acho que sim... Está pronto... Sim, senhora Rosella...

– Onde paramos?

– Numa casa de chá em Laleli.

– Somente falávamos e nos perdíamos nas palavras um do outro. Quando ele falava, eu sentia que a melodia da língua turca se fixava no meu coração. Ele era a minha metade que faltava. E eu, a dele.

– Vocês nunca fizeram amor?

---

13 Os irmãos Marx foram personagens conhecidos na Turquia do final da década de 30, aparecendo no filme *Üç Ahbap Çavuşlar* "Os Três Mosqueteiros". Um dos irmãos, Groucho, foi convertido em um armênio na versão turca, Arşak Palabıyıkyan. (N.T.).

– Não.

– Não acredito.

– *Fräulein*, quem você acha que sou?

– Mas como estava muito apaixonada...

– O amor tem tipos, senhorita... O ato de fazer amor também... Às vezes um pequeno toque, um movimento ou um sorriso nos lábios substitui o ato de fazer amor.

– É mesmo?

– Sim.

– E dá o mesmo prazer?

– Em verdade, para um homem em demanda como Enver Rigan, satisfazer esses tipos de prazer não era muito difícil. Eu nunca perguntava o que ele fazia quando não o via. Mesmo porque ele não o diria.

– Se fosse eu, ficaria com ciúmes.

– Eu também ficava com ciúmes às vezes... Me ofendia ver um fio de cabelo escuro sobre seu terno ou sentir um perfume estranho. Por isso, brigávamos e ficávamos por semanas sem nos falar. Mas havia um consentimento tácito a respeito disso entre nós.

– Você aceitou.

– Provavelmente... Eu achava que o que ele não conseguia achar em mim encontrava nas outras mulheres... Eu lhe dava um sentimento de compaixão e segurança... Para um interno, o sentimento de segurança era muito importante.

– Interno?

– Ou seja, que reside no colégio.

– Onde ele estudou?

– Em Galatasaray... Depois do falecimento de sua mãe...

– Então o que ele lhe deu?

– Ele me fazia sentir uma mulher e que eu era valiosa... Quando estávamos juntos, conversávamos sobre tudo que vinha às nossas cabeças. Mas, na maior parte do tempo, falávamos sobre poesia e sobre a guerra... Ele tinha esperança forte da derrota do fascismo até quando Hitler se aproximou de Moscou... Ele acreditava que o general Zhukov poderia ser derrotado e iria mandar embora os nazistas.

– Eu cismei com esse assunto de não fazer amor, senhora Rosella.

– Em que sentido?

– Quero dizer, vocês nem mesmo se beijaram, não é?

– Nem tanto, *mademoiselle*.

– Ah, certo... Conte-me, por favor.

– Do nosso beijo?

– Sim... Como foi? Foi bom?

– Você é muito engraçada.

– Estou perguntando seriamente. Ele conhecia o beijo de língua, por exemplo?

– Ah, Zelda, Deus te enviou... Senhorita, por favor coma seu bolo e me deixe sossegada.

– Essas são respostas duvidosas, senhora Rosella...

– Vá cuidar da sua vida, *mademoiselle*.

– Ah, por favor, conte... Como vocês se beijaram?

– Foi muito gostoso... Muito *sexy*... Foi como se tivesse tirado a alma de uma pessoa... Essa canção que está tocando também é muito bonita.

– Não é?

– Sim. Há pouco era um tanto barulhenta, mas agora está muito bonita. Muito sensível... A garota também canta muito bem. Qual o seu nome mesmo?

– Şebnem.

– Não, o da canção.

– *Adeus*...

– É emocionante.

– Eu também gosto muito dela. É muito triste, mas muito altiva ao mesmo tempo...

– Com certeza ela também tem uma história.

– Sim. Tudo que tem uma historia é bonito, na minha opinião.

– Então eu também sou bonita?

– A senhora é a mulher mais bonita que já conheci em toda minha vida.

– Verdade?

– Eu juro... Você deve dar graças que as nossas idades não são semelhantes.

– *Mademoiselle*, você está me assustando.

– Estou dizendo isso para assustá-la mesmo.

– Tudo bem, então.

– E quem os viu?

– Como?

– Você disse que por um bom tempo nada de errado aconteceu... O que aconteceu depois? Alguém deve ter visto.

– Sim.

– Quem?

– A Jaqueline.

– A sua famosa inimiga...

– Sim...

– Parabéns, senhora Rosella, acertou bem no alvo.

– Nem me diga... Após cada encontro nosso, Enver se despedia de mim no cais em Eminönü. Naquele dia, a Jaqueline cismou de descer lá.

– Senhora Rosella, não se ofenda, mas se comportou muito imprudentemente.

– Foi um pouco assim, não é?

– Quero dizer, no meio de Eminönü...

– É a juventude...

– ...

– ...

– A senhora ficou pensativa.

– Eu posso estar enfeitando muitas coisas, mas esquecer aquela cena é impossível. Ainda consigo ver a balsa chegando à distância... Antes de subir, me virei para acenar para Enver, e naquele momento meus olhos se encontraram com os olhos cheios de raiva de Jaqueline. Ela olhou primeiro para mim e depois para o Enver, que estava acenando sem saber de nada... Entendi ali que minha vida mudaria. De repente, tive vontade de descer da balsa, agarrá-la e explicar que a situação não era o que ela estava pensando, mas não consegui fazê-lo. A hostilidade que irradiava de seus olhos me deixou presa onde estava.

– Foi mal.

– Minha filha, mal é pouco.

– O que aconteceu então?

– Melhor dizer o que não aconteceu…

– Ah, conte, por favor.

– Essa canção de um momento atrás... Seu nome era *Adeus*, não era?

– Sim.

– Se importaria se pedisse para que a tocasse novamente?

– Claro... É pra já...

– Aconteceu um escândalo daqueles na família. Não reconhecia a minha sogra Rebeca... Aquela mulher bondosa desapareceu e surgiu uma investigadora no seu lugar. Ela andava pela casa dizendo "*Ke mal mos kere, ke mal mos kere*".

– O que significa isso?

– "Proteja-nos do mal".

– Você explicou a situação?

– O que poderia explicar, minha filha? Por outro lado, a consciência pesada estava corroendo minha alma... Como poderia dizer que eu me encontrava com um homem bonito toda semana fazia meses?

– Poderia mentir...

– Você acha que o nosso encontro com a Jaqueline naquele dia foi somente uma coincidência?

– Não foi?

– Fiquei sabendo que, assim como o Sarkis a estava seguindo, a Jaqueline também estava me seguindo por muitas semanas... Ela nos viu de longe passeando em Eminönü quando foi visitar uma amiga em Balat. E, desde aquele dia, ela me seguia toda vez que eu saía de casa.

– Essa Jaqueline não tinha nada para fazer?

– Naquela época ela era estudante. Estudava pintura na escola Sanayi-i Nefise.

– Obviamente você se meteu numa grande enrascada...

– Pior do que isso... Um silêncio de luto dominou a casa... Após terminarem as primeiras investigações, ninguém falava comigo ou perguntava qualquer coisa...

– Então o que você lhes disse?

– Nada...

– Vocês não conversaram mais?

– Não.

– Você tampouco mentiu?

– Não queria me rebaixar dessa forma. Aliás, estava me sentindo tão culpada que estava pronta para pagar o preço...

– O que eles fizeram?

– Afinal, eu era a mãe da neta que eles amavam tanto... Eram pessoas tão compassivas que não poderiam fazer nada que entristecesse a Tânia. Mas eu me sentia como a nora não desejada. Uma noite topei com Jaqueline em frente da nossa casa. Ela estava voltando do curso carregando telas. Quando me viu, parou e olhou para mim sem dizer nada.

– Você deveria ter perguntado por que fizera uma maldade dessas.

– Mas eu perguntei.

– E o que ela disse?

– Ela disse que eu me achava muito inteligente. Na sua opinião, eu os estava fazendo de idiotas. E tudo tinha uma punição.

– Nossa... E a sua cunhada?

– A Linet?

– Sim... Ela também não conversou com você?

– A Linet ficou no meio... Eu não tinha dúvida de que ela continuava me amando, mas ela não sabia o que fazer. Uma noite ela veio no meu quarto após eu ter colocado a Tânia para dormir. Abraçamo-nos e choramos silenciosamente por um tempo... Depois ela piscou seus olhos bonitos e disse que sabia que aquele homem era Enver Rigan.

– Como ela entendeu isso?

– De alguma maneira entendeu...

– Hmm...

– Ela disse que tentou muito me odiar. Afinal, o Aldo era seu irmão querido... Mas a sua admiração por mim e pelo Enver impedia esse ódio e ela estava sofrendo por causa disso.

– Estava sofrendo por não poder odiá-la?

– Sim... Isso a fazia sofrer muito.

– Mesmo assim, a senhora defende o amor, a paixão... E sofreu tanto por isso.

– Mas, sabe de uma coisa, eu me sentia tão calma, tão forte que não dava para acreditar. Era como se tivesse uma armadura invisível sobre mim e tudo o que era falado na casa, o mau-olhado e fofocas dos vizinhos viravam pó ao bater nessa armadura. O material daquela armadura era o amor que sentia por Enver e ele mesmo ia me proteger de desastres maiores que viriam depois.

– Quais foram esses desastres maiores?

– Os desastres históricos, minha filha...

– Como o Imposto sobre o Patrimônio?

– Não... Outra coisa antes disso.

– O quê?

– Uma noite nenhum dos homens da família voltou para casa.

– Por quê?

– Foi assim... Os tios do Aldo, Soli e Avi, o seu primo Yael, até o seu meio-irmão Avram, que estava se tratando de asma...

– O que aconteceu com todos eles?

– Haviam sido chamados para o exército...

– Mas todos de uma vez?

– Sim... Todos eles de uma vez.

– Eles não haviam sido chamados para o exército antes?

– Excetuando o Avram, todos tinham. Mas o fizeram novamente. Na volta do trabalho, quando saíam da balsa, eles entraram para fazer controle de identidade. Quando ficaram sabendo que eles não eram muçulmanos, os levaram diretamente para a delegacia... E de lá diretamente para o exército.

– Senhora Rosella, perdoe-me por ser superignorante, mas por quê?

– No início, não queríamos tirar conclusões ruins. O único homem que ficou foi o meu sogro, e ele reuniu a família dizendo que deveríamos permanecer fortes, pois afinal havia uma guerra esperando à porta do país. Considerando que Hitler havia chegado até Atenas, não havia nada mais normal do que o governo precisar de soldados de emergência. Como todos os cidadãos, os nossos homens também deveriam cumprir o seu dever.

– E houve outros que eles chamaram para o exército?

– Não... Somente os não muçulmanos...

– A maneira pela qual eles foram levados foi muito estranha.

– Sim... É um pouco humilhante, não é?

– Pouco?

– Quero dizer... É assim...

– Se relembrar a entristece...

– Não, minha filha... Não estamos aqui para relembrar?

– Como isso a afetou?

– Muito forte.

– Ou seja?

– A Jaqueline começou a dizer que eu era amaldiçoada. Ela dizia para todo mundo que os desastres começaram a acontecer na família após minha chegada. O pior de tudo é que, com o estado de espírito daqueles dias, essa teoria foi bem aceita pelas mulheres da família...

– A situação ficou bem enrolada...

– O quê?

– Enrolada, Senhora Rosella... Ou seja, a situação piorou.

– Eu não gostei dessa expressão, mas você tem razão... Todas as mulheres não muçulmanas entraram num pânico tão grande que nem a existência de Tânia conseguia me salvar. Elas me viam como uma criatura do mal, como a bruxa Lilith da Idade Média que veio do norte e trouxe a maldição para todos os homens da família, inclusive a seu querido Aldo. Porém, elas eram boas pessoas, eram conscienciosas e judias o suficiente para não colocar uma nora que foi confiada a elas pela porta a fora...

– Mas...

– Mas a minha existência as afligia... Elas não suportavam morar na mesma casa que eu, respirar o mesmo ar que eu. Rebeca reclamava olhando para meus olhos e perguntava a Deus o que ela tinha feito para merecer aquilo.

– E?

– Quando vi que não dava mais, decidi ir embora da casa.

– Sozinha...

– Sim... Juntei meus pertences e, após pegar Tânia, fui embora da casa sem me despedir de ninguém.

– Não deixou uma carta nem nada?

– Não havia necessidade, *mademoiselle*... De qualquer maneira, tudo era dramático o suficiente.

– E lugar para ficar?

– Acredite, eu não tinha a mínima ideia do que ia fazer nos dias futuros. Eu tinha então três alunos, mal conseguiria me sustentar com o dinheiro das aulas. Mas era preciso uma casa, móveis...

– Enver Rigan?

– Inicialmente, ele propôs que ficássemos com ele por um tempo. Quando eu não aceitei, arranjou um lugar na casa de uma senhora grega em Langa. Que descanse em paz; a senhora Eleni foi uma mulher muito boa... O único neto dela fora levado para o exército como os nossos. Ela cedeu o quarto de seu neto para nós. O dia todo ela cuidava do pequeno jardim, quando anoitecia fazia bolos e tortas... Nos sentávamos no jardim e conversávamos. Ela costumava me contar sobre o passado, assim como agora o faço com você.

– Dias difíceis.

– Eram difíceis, mas eu aprendi muita coisa.

– Sozinha, com uma criança.

– Sabe, *mademoiselle*, não há nada em vão nesta vida... Tudo que acontece conosco é para que aprendamos algo. Aliás, posso até dizer que a coisa que chamamos *vida* está permanentemente conversando conosco. Quando ela causa uma dificuldade, espera que entendamos a mensagem que está escondida nela.

– Você conseguiu captar a mensagem?

– Um pouco.

– E qual era?

– ...

– Se você não quiser, não diga...

– Não, não é que não queira. Só não sei por onde começar...

– Não se apresse. Temos muito tempo.

– Fala por si, senhorita.

– Ah, senhora Rosella, não disse nesse sentido. Quis dizer que não tenho pressa, que fique à vontade.

– Melhor dizendo, não devo me forçar, não é?

– Não se force, por favor. Sempre sorria assim.

– Está bem... Queria pedir um favor...

– Quer que abaixe o som? Você tem razão, essa canção é um pouco...

– Infelizmente meus ouvidos não estão acostumados ao ritmo do *rock*.

– Ao ritmo do *rock*? A senhora é demais.

– Eu gosto de fazê-la dar risada.

– Fico muito agradecida, minha senhora.

– Que aconteceu com o grego e o russo?

– Estão bem... Eles a cumprimentam.

– Vocês se encontraram de novo?

– Meu Deus, eu não quero ver nenhum deles.

– O que aconteceu?

– Digo... Os imbecis brigaram.

– Onde?

– Na cantina da escola... Eu estava sentada com o Yorgo...

– Como? O nome dele não era Dimitri?

– O que eu disse?

– Yorgo...

– Ah, desculpe... Sim, estava sentada com o Dimitri e esse Ivan, digo, qual era o nome de que você gostava...

– Alexei...

– Sim, quando Alexei entrou. A propósito, eu comecei a ler *Anna Karenina*, eu já lhe disse?

– É mesmo? Fico contente. Está gostando?

– Para falar a verdade, as descrições de Tolstoi em francês me matam, mas é bonito. É uma mulher muito sem sorte...

– Muito...

– Mas ela mesma atrai um pouco a má fortuna...

– Sim... Um pouco como eu...

– Nem tanto, senhora Rosella... Se ela tivesse tido coragem de tomar uma decisão mais cedo, não haveria tanta confusão.

– Onde você está no livro?

– A mãe está doente... O seu Alexei veio fazer uma visita e deu de cara com o marido.

– Acho que devemos falar sobre este assunto quando você terminar o romance.

– Está bem.

– Sim...

– Sim o quê?

– Você estava dizendo que eles brigaram...

– Ah, sim... Quando estávamos sentados, esse Alexei veio e começou a olhar com raiva. Depois passou a dizer besteiras para seus amigos em voz alta para que nós pudéssemos ouvir... Falou coisas muito feias sobre o povo grego... E o Dimitri não ficou por baixo, mandou seus melhores cumprimentos para as mulheres eslavas. Se eu não tivesse entrado no meio, os imbecis iam quebrar mesas, cadeiras e o restante.

– Não dá para acreditar...

– Eles me envergonharam muito.

– Talvez seja a primeira vez que um incidente assim tenha ocorrido nesta cidade.

– Por quê?

– Aqui não é Istambul, *mademoiselle*... É uma pacata cidade da Europa... Aqui os homens simplesmente não brigam por mulher.

– Você não acredita?

– Eu não disse tal coisa.

– Então por que sinto que você não acredita em mim?

– Não sei...

– Bom, acredite se quiser... Aconteceu exatamente como eu contei.

– E agora, como está a situação?

– Eu dispensei os dois. Nós estamos livres deles...

– Que seja melhor assim...

– E qual é a lição que devo tirar disso?

– Como?

– Agora há pouco a senhora disse que a vida quer dizer algo em todos os acontecimentos. Qual é a mensagem que se pode tirar desse acontecimento?

– Eu não sei, *mademoiselle*... Somente a pessoa afetada pode entender o que a vida lhe está dizendo.

– Acho que ela está dizendo que devo quebrar meus joelhos e ficar sentada. O que você acha?

– Eu não sei...

– Talvez isso queira dizer: "Não se esforce à toa, minha filha, o seu destino é ficar sozinha neste mundo...".

– Eu acho que não...

– Por quê?

– Se fosse assim, provavelmente essa beleza não teria sido concedida a você.

– Ah, você é muito gentil.

– Estou falando sério... E se eu tiver que adivinhar, talvez a vida esteja lhe dizendo que você precisa procurar a felicidade longe...

– Hmm...

– Por outro lado, talvez ela queira que você seja paciente e permita que a felicidade a encontre em vez de ir atrás dela e se cansar.

– Vou pensar nesse assunto.

– Ficaria feliz.

– E qual foi a lição que você tirou da vida após ter deixado a sua casa?

– Bom... Em vez de tirar lições eu ganhei sabedoria com ela... Eu me sentia mais forte do que nunca enquanto vivia no quarto pequeninho da senhora Eleni, mal me sustentava com o dinheiro que ganhava com as aulas de piano e passava por crises de nervos quando ouvia que eles iam exilar os judeus refugiados... Pela primeira vez eu tinha saído da vida que o meu marido ou os meus pais tinham preparado para mim e começava a ficar sobre meus próprios pés. Mesmo que a vida fosse difícil e cheia de perdas, ela me pertencia inteiramente. Eu comprava leite para a minha filha com o meu dinheiro, mandava consertar meus vestidos com o meu dinheiro, pagava meu aluguel...

– Além disso, estava apaixonada...

– Sim, *mademoiselle*... Além disso, eu estava apaixonada... Eu amava Enver Rigan cada dia um pouco mais.

– Apesar das outras mulheres...

– Várias vezes ele me prometeu... Mas é claro que para ele essa não era uma situação fácil... Minhas crenças não permitiam que traísse o meu marido com o meu corpo... Por outro lado, à volta dele havia várias mulheres esperando somente por um sinal.

– Eu não saberia o que fazer se estivesse no seu lugar...

– É muito difícil para você imaginar sem viver isso, senhorita... Aliás, é aí onde quero chegar; a pessoa entende até onde e o que é capaz de fazer somente quando se apaixona ou quando ganha seu dinheiro. Daí nós nos descobrimos. Obviamente eu não pensaria nessas coisas quando vivia na mansão da minha mãe em Berlim como uma princesa.

– Claro, exato... A propósito, eu ia perguntar algo...

– Sobre o Enver?

– Não...

– O Aldo?

– Não, tampouco.

– A Jaqueline? A Rebeca? A Linet?

– Elas tampouco...

– O que pode ser, então?

– Sim, lembrei! Bem, e você não recebia notícias da família de vez em quando?

– A Linet, depois de um tempo, não aguentou mais e começou a me visitar uma vez por semana. E ela trazia consigo as cartas do Aldo...

– O senhor Aldo estava bem?

– Em geral suas últimas cartas eram desanimadas e necessitadas de consolo... Pela primeira vez eu o percebia tão para baixo. Na verdade suas condições estavam boas, tinha conseguido a vaga de professor assistente, mas a ausência da filha lhe fazia muito mal...

– Você também escrevia para ele?

– Escrevia coisas do dia a dia, coisas sem importância... Escrevia sobre uma travessura de Tânia, sobre as videiras secando no jardim, as coisas faladas no Sabá... Até quando deixei a casa, escondi a situação dele... Escrevi coisas encorajadoras. Porém só Deus sabe quantas das minhas cartas chegaram até ele...

– Pelo menos ele tinha mais sorte do que você...

– Talvez...

– Como Linet a encontrou?

– Depois de me mudar, um amigo do Enver enviou a ela uma mensagem. Acho que eu queria que eles soubessem onde eu estava.

– Para que eles a encontrassem.

– Sim. Apesar de tudo, eu tinha esperança de tudo voltar ao normal.

– Mas isso contradiz o que falou agora há pouco.

– Contradiz?

– Porque disse que estava feliz em começar uma vida própria. Esperar para ser perdoada não contradiz isso?

– Sim... Um pouco...

– Então?

– Então o quê?

– É uma contradição...

– Minha filha, os humanos são compostos de contradições na maioria das vezes. Especialmente nós, judeus...

– Se a senhora diz assim...

– Resumindo, eu conheci uma mulher chamada Rosella com suas qualidades e defeitos nesses anos difíceis, *mademoiselle*... Agora entendeu por que eu não consigo esquecer as coisas?

– Entendi... Está chovendo?

– Acho que sim... Se você quiser, vamos entrar...

– Entre, senhora... Eu preciso ir.

– Espero que não seja nenhum problema.

– É que eu tenho um encontro...

– O quê? Com quem? Como?

– Agora não direi nada... Na semana que vem talvez eu possa contar...

– Não me diga isso, *mademoiselle*, não me deixe curiosa...

– Como disse, semana que vem...

– Está bem, que seja assim. Mas saiba de uma coisa: para mim vai ser uma semana bastante longa.

17

– Senhora Rosella, que estado é esse?

– Ah, *Fräulein*, na semana passada me cansei bastante...

– Dá para notar.

– Realmente.

– Não queria desanimá-la, mas não gostei nada do seu estado...

– Não se preocupe, *mademoiselle*, conheço a situação melhor do que você... Não tive oportunidade de retocar minha maquiagem enquanto a esperava, por favor, não ligue.

– A senhora deve estar brincando.

– Está sendo especialmente difícil dormir à noite... Eu acordo várias vezes me sentindo sufocada. Até dormir de novo tenho que ficar olhando para o teto...

– Não quer ir num hospital?

– Eu quero passar o tempo que me resta em minha casa.

– Eu vou com a senhora. Até posso ficar a seu lado, fazendo companhia.

– Obrigada... De qualquer forma, antes de você chegar o doutor Jefi esteve aqui... Ele disse que é melhor que eu fique sentada no jardim... Pelo menos, o oxigênio...

– Como está se sentindo?

– Como se fosse morrer...

– Senhora Rosella!

– É brincadeira... Estou brincando, *mademoiselle*.

– A senhora é muito engraçada... Saiba que o seu senso de humor judeu faz o efeito de uma ducha gelada, às vezes...

– Brincadeiras à parte, é muito interessante escutar meu corpo entre ter acordado sufocada e até dormir novamente... O Aldo dizia uma frase que eu gostava muito: "Se você está sentindo a existência de alguma parte do corpo, quer dizer que essa parte está doente". E, como você vê, estou sentindo todos os meus órgãos um por um enquanto espero pelo milagre que me faz dormir novamente às noites.

– Senhora Rosella, eu sinto muito...

– Não deixe os seus cílios bonitos se molharem novamente...

– Como queria fazer algo...

– Por favor... Você faz a melhor coisa que pode fazer da melhor maneira possível, não duvide disso... Toda semana você vem para conversar comigo...

– Mas o que adianta?

– Conversar é bom, *mademoiselle*... As palavras abafam o silêncio que há dentro de nós. Quando transmitido em palavras, até o maior sofrimento perde sua força. Segundo o Rabino Haman, a habilidade de falar, que é um presente de Deus, é tão importante quanto a criação do mundo.

– Peço desculpas por ficar assim...

– Como foi o seu encontro?

– Qual encontro?

– Ora, por favor! Na semana passada você saiu para um encontro, ué...

– Ah, sim...

– Com quem se encontrou?

– Bem... com o... Klaus-Peter.

– Aquele que é assistente.

– Sim.

– Ou ele era professor assistente?

– Que importância tem isso, senhora Rosella? Ele é um imbecil...

– Ele também foi dispensado?

– Digamos que forcei sua dispensa.

– Como?

– Eu disse que era lésbica.

– O quê?

– Lésbica...

– Um momento... Essa palavra ainda se usa com o mesmo significado, não é?

– Claro...

– E por que você fez isso?

– Porque ele roía as unhas.

– Como disse?

– Roía as unhas, senhora Rosella... Se há uma coisa que odeio mais do que as namoradas do meu pai, é um homem que róe suas unhas.

– Eu não posso criticá-la nesse assunto.

– Você pode imaginar o estado das mãos dele?

– Ai!

– Você consegue visualizá-las?

– Por favor, não faça!

– Aos frangalhos...

– Está bem, senhorita, já basta. Estou me sentindo mal!

– Assim mesmo...

– Eu esperava por coisas diferentes...

– O que esperava, senhora Rosella?

– Fiquei curiosa em saber a história que você ia me contar durante a semana inteira.

– Mas eu somente trouxe uma história de unhas nojentas, não é?

– Ai de mim...

– Ficou muito triste?

– Um pouco...

– Mas talvez haja algo para compensar no meu alforje.

– Como?

– Talvez eu tenha visto o Sarkis nesta semana.

– Você está brincando...

– Estou falando sério.

– Vocês se encontraram? Onde? Como?

– Como imaginava, meu pai não perdeu tempo em achar outra pessoa para me seguir. Enquanto caminhava para o local onde ia pegar jornais para vender, de repente percebi que um tártaro, que parecia um segurança de bar, estava me seguindo. Ele me parou em frente às escadas que ficam depois da *rue de la Rhone* e disse com um sotaque estranho de turco que não deveria fazer isso porque meu pai não me permitia vender jornais. Eu lhe disse para que cuidasse de sua vida. Ele quase me segurou pelo braço, mas antes disso eu dei um chute no seu joelho. Porém ele era tão grande que o meu chute nem foi sentido. Ele me segurou pelo braço e começou a me arrastar, e eu gritei. Como pode imaginar, a rua, que já era isolada, ficou mais isolada ainda quando começamos a lutar. As pessoas se mandaram na hora como costumam fazer aqui. Naquele momento aconteceu algo...

– Tipo o quê?

– De repente, trombetas começaram a soar...

– Trombetas?

– Sim... O céu mudou de cor, soprou um vento inacreditável e desceu alguém do céu com uma fantasia na qual estava escrita a letra S...

– Meu Deus!

– Por que você se assustou?

– O Messias chegou?

– Senhora Rosella, eu disse que tinha a letra S, e não M.

– Então quem era?

– O Sarkis...

– Você está brincando.

– Claro.

– O que realmente aconteceu?

– Aparentemente, o Sarkis veio à porta do dormitório de manhã. Alguém deve ter dado essa ideia a ele. Quem será...

– Não olhe assim, senhorita, eu sou inocente...

– Devo acreditar?

– Bom, eu me considero inocente.

– Mas quando ele viu que outro cara também estava esperando, suspeitou da situação. Quando eu saí, o tártaro começou a me seguir e o Sarkis, a nós dois.

– Ele a salvou?

– Não exatamente... Na verdade ele apanhou muito...

– Pobre garoto...

– Mas eu fiz tanta bagunça, gritei tanto, que o cara teve de fugir. Mas claro que até então os lábios do Sarkis estavam estourados, e sua cabeça estava sangrando um pouco porque ele a bateu quando caiu no chão...

– Ele caiu no chão?

– A verdade é que ele levou um soco...

– Coitado...

– O tártaro acertou o olho do pobre garoto...

– Deveriam ter ido para um hospital...

– Mas nós fomos.

– Isso deve ter sido romântico...

– A senhora gostou, não?

– Sim...

– Estava imaginando que ia adorar.

– Você que fez o curativo?

– Não chegou a tanto, senhora Rosella, acaso sou enfermeira? Foi o pessoal do pronto-socorro que fez... Levou dois pontos na cabeça.

– Depois?

– Eu agradeci, e ele me desejou um bom dia, então cada um seguiu o seu caminho.

– Só isso?

– E o que poderíamos ter feito?

– Vocês não foram a algum lugar?

– Não, senhora Rosella...

– Ele não lhe disse algo especial?

– Não... O que ele poderia ter dito?

– Não sei... Enfim...

– Confesse; a senhora foi quem deu essa ideia para ele, não foi, senhora Rosella? Deu gás para o garoto falar comigo.

– Que gás, *mademoiselle*?

– Por favor, não brinque comigo. A senhora entendeu o que eu quis dizer...

– Então ele não disse?

– O que ele poderia dizer?

– Que se apaixonou por você desde o primeiro instante em que a viu... Que não consegue pensar em nada mais que não seja você... Que ele não a decepcionará se você lhe der uma chance...

– Ele poderia ter dito essas coisas?

– Supostamente.

– Meu Deus, ainda bem que ele não teve coragem.

– Por quê?

– Eu não sei... Ainda bem que não teve coragem... Mas sabe como é chamado o que a senhora fez?

– Não. Como é, senhorita?

– Intromissão, senhora Rosella... Enfiar o nariz nos assuntos dos outros...

– Você me deixou triste agora... Por que querer o bem de alguém de quem gosto muito se chama de intromissão?

– Eu consigo cuidar dos meus assuntos, está bem?

– Dá para notar... Por isso sempre...

– Sim?

– ...

– Sim, senhora Rosella... Sempre o quê?

– ...

– Senhora Rosella?

– ...

– Senhora Rosella, a senhora está bem? Zelda! Zelda, corre! Rápido!! A senhora Rosella piorou... Corre aqui!

18

– Como a senhora está hoje?

– Como deveria estar?

– Parabéns, a senhora deu trabalho para os médicos...

– Eu não gosto de estar longe de minha casa, senhorita...

– Ah, não exagere... O hospital daqui é o mais bonito que já vi na minha vida... Aliás, descobrimos que o médico foi aluno do senhor Aldo... O que pode ser melhor do que isso?

– Ao pensar que não poderei ver minha casa mais...

– Não diga isso, senhora Rosella... Vai melhorar e sairemos juntas, se Deus quiser...

– Se Deus quiser... Que palavras bonitas...

– Por favor, não desista...

– Não ligue para o meu choro... Tem uma coisa que me chateia mais do que a morte. É não poder contar-lhe minha história como queria...

– A história pode esperar. Primeiro deve melhorar.

– Não, eu quero contar...

– Se contar agora, o médico vai se zangar comigo por tê-la deixado se cansar.

– Não quero deixá-la pela metade...

– O que você acha, Zelda? Devemos permitir-lhe falar? Viu, ela também concorda comigo…

– Ah, Zelda, você esperou pelo dia de hoje para discordar de mim?

– Mas não fique zangada agora...

– Você não está entendendo, *mademoiselle*... Antigamente você sempre queria me ouvir...

– Novamente quero muito ouvi-la... Só não quero que se canse...

– Sabe, eu não gosto de deixar nada pela metade nesta vida... E saiba que se eu não conseguir contar tudo vou morrer desgostosa...

– Oras, senhora Rosella... Então converse devagarzinho... Para não se cansar...

– Você viu o Sarkis de novo?

– Não, não o vi.

– É um garoto muito tímido... Às vezes ele me decepciona.

– Você vai contar ou não vai?

– Onde paramos?

– Você deixou a casa... Você ficou ao lado da Eleni...

– Ah, a senhora Eleni... A confidente dos meus tempos difíceis... A única testemunha da minha aventura de autodescoberta...

– E Enver Rigan?

– O círculo ao redor de Enver estava se fechando cada dia mais... A polícia política estava em todos os cantos e ele não se sentia seguro... Além disso, ele tinha medo de me queimar também... Na verdade, ele tinha razão, porque, mesmo que eu tivesse passaporte turco pelo meu casamento, os nazistas tinham revogado minha cidadania alemã. Para piorar, estava morando sozinha em Langa em vez de estar com a família do meu marido. Era difícil adivinhar como o departamento de estrangeiros poderia me tratar se eles descobrissem isso... Frequentemente sonhava que eu e minha filha estávamos embarcando num navio forçadamente para voltar para a Alemanha... No convés, a Gestapo estava esperando por nós e eu acordava aos gritos.

– Quer água?

– Obrigada... Um dia Enver Rigan fez uma proposta de se separar de mim...

– Provavelmente para protegê-la...

– Obviamente ele dizia isso... Até a minha razão também dizia isso... Mas um sentimento feminino no fundo do meu coração dizia que isso poderia estar relacionado com o fato de eu não me entregar completamente...

– Por que você não dormia com ele?

– Falando assim fica muito cruel... Mas, como posso explicar, eu suspeitava que o que eu lhe dava não era suficiente e que ele não encontrava em mim aquilo que buscava em outras mulheres.

– Bom... Não sei, senhora Rosella... Mas, pelo que me consta, o Enver não parecia ser uma pessoa que se separa por causa disso...

– Eu sei... Provavelmente eu estava cometendo uma injustiça contra ele. Aliás, até neste momento devo estar fazendo a mesma coisa. Além disso, você deveria ter visto o estado dele quando fez esse discurso... Zelda querida, você poderia arrumar esse travesseiro para mim, *bitte*?

– Não se incomode, Zelda, deixa isso comigo.

– A Zelda ficou a noite inteira acordada, coitada...

– Pois é... Zelda, se você quiser, vá para casa para descansar um pouco... De qualquer forma, eu estou aqui...

– *Mademoiselle*, eu acho que ela também quer ouvir...

– Ela não a ouviu antes?

– Ninguém ouviu isso antes.

– Nossa...

– Viu, o que você achou?

– Que posso dizer? Nesse caso, continue. Mas, por favor, tranquilamente... Para que não se canse.

– No dia em que nos encontramos numa casa de chá em Laleli ele disse que seria melhor que não nos víssemos por um tempo... A polícia política estava atrás dele e, se continuássemos a nos ver, eu também poderia ser levada presa...

– Falou muito razoavelmente...

– Mas se você o visse... Um homem grande chorando como uma criança ao dizer essas coisas...

– Puxa...

– Você já viu o seu pai chorando, *mademoiselle*?

– Não, nunca...

– Eu vi duas vezes o meu pai chorando... Na primeira vez, foi quando me casei. Na segunda, na estação de Berlim quando se despedia de mim a caminho de Istambul... E o choro de Enver Rigan diante de mim me afetou da mesma forma...

– Deve ser doloroso ver o choro de um homem...

– E lindo, minha filha, as lágrimas de um gigante ensinam muito... Quer sejam as do seu pai ou de um grande poeta.

– E você ainda suspeitava?

– Que poderia fazer, não dependia de mim. Mas você também é uma mulher, você me entende. Naquela noite perdi o sono. Até de manhã fiquei imaginando com quem ele poderia estar em vez de mim... Quando o sol nasceu, eu já tinha decidido...

– O quê?

– Fazer o que ele queria de mim.

– Ou seja?

– Ou seja, me entregar a ele, senhorita... Ia dormir com ele... Ia fazer o que você disse em turco moderno... Queria tanto que Enver fosse completamente meu...

– Um copo de água?

– Não quero, obrigada...

– Não se exalte, por favor... Os médicos...

– Calma... Novamente eu deixei a Tânia aos cuidados da senhora Eleni e fui para o jornal em Caalolu... Naquele dia disseram que ele não viria para o trabalho. Então fui para sua casa. Ele morava em uma casa de dois dormitórios em Fatih. Um homem que não conhecia abriu a porta. Lá dentro havia mais um homem de óculos e com bigodes grossos sentado com uma folha em suas mãos que parecia uma carta. "Você é Rosella Galante?", me perguntou com voz dura. Depois, num ímpeto, colocou a carta em minhas mãos.

– Eles eram policiais?

– Da divisão política...

– Como eles entraram na casa?

– Antes de ir, Enver tinha deixado as chaves no andar de baixo com o proprietário da casa...

– Ou seja, ele tinha ido embora...

– É... De qualquer forma, isso estava escrito na carta também. Ele disse que não se sentia seguro em Istambul. Ele se afastou por um tempo tanto pela minha segurança quanto pela dele.

– Ele escreveu para onde tinha ido?

– É claro que não... Ele deve ter pensado na possibilidade de eles acharem a carta antes de mim.

– Mas ele podia tê-la trazido e jogado debaixo de sua porta, não é mesmo?

– Você tem razão... Eu acho que no fundo ele desejava que a carta fosse encontrada pela polícia... Essa era a única maneira de convencer a todos de que eu não sabia onde ele estava...

– Novamente ele tentou protegê-la...

– Provavelmente.

– A polícia a soltou?

– É claro que não... Por eu não ser muçulmana, primeiramente eles me levaram a Sansaryan...

– Sansaryan?

– Delegacia, minha filha.

– Puxa... Eles a tratarem mal?

– Não tive nenhum dano físico... Se não considerarmos os empurrões... Até um oficial idoso conversou comigo com um jeito de pai. Falou que eu não era a única mulher enganada por Enver Rigan, que os comunistas armavam armadilhas para as garotas... Ele disse que poderia encerrar o caso sem avisar a agência de passaportes se eu contasse onde ele estava. Enquanto falava, ele não hesitou em mostrar um cassetete embaixo do seu uniforme...

– E o que você disse?

– Disse que li a carta depois dos policiais... Que ele de jeito nenhum me falara onde iria...

– Deveria ter jurado para evitar dor de cabeça...

– Na verdade, eu tinha algumas conjecturas... Eu me lembrava de ele ter mencionado quando falava com seus companheiros do partido ao telefone que eles iriam para Varna atravessando o mar Negro...

– Ele também o fez?

– Possivelmente...

– Deve ter sido muito difícil dentro das condições de guerra.

– Nunca fiquei sabendo disso também.

– Como eles acreditaram que você não sabia de nada?

– Isso ainda é um mistério para mim... Na verdade, eles fizeram uma investigação sobre mim durante os três dias que fiquei em Sansaryan... Ficaram sabendo que eu era a mulher de um judeu turco e localizaram a família do Aldo... Além disso, acho que eles não pensaram que eu seria maluca o suficiente para arriscar ser deportada naqueles dias em que os judeus na Alemanha estavam sendo queimados nas fornalhas... Não sei...

– Você teve sorte...

– Sempre achei isso... Deus me salvou por causa da Tânia... A inocência dela me protegeu e salvou minha vida...

– Você sente saudades?

– Do Enver?

– Não, da Tânia.

– Muito...

– Por que você não disse que estavam brigadas?

– Realmente... Na verdade, estava planejando chegar a esse assunto mais para a frente... É claro que não sabia que me restava tão pouco tempo...

– De novo está sendo uma coruja tristonha...

– Como?

– Nada... Zelda, você tem razão, a madame precisa descansar um pouco... Vamos, senhora Rosella, feche seus olhos... Continuaremos quando acordar...

19

– Vejo que você achou novamente o seu canal...

– As enfermeiras são muito boas... O ajustaram imediatamente...

– Deixe-me ver... Essa não é a Monica Seles?

– Isso aí, *mademoiselle*... Faz meia hora que eu estou tentando lembrar qual era o nome dessa garota...

– E a sua adversária é Magdalena alguma coisa...

– Odeio os sons que a Monica faz quando saca... São muito irritantes...

– Não se preocupe, alguém não vai aguentar mais e vai esfaqueá-la daqui a pouco.

– Ah, é aquela partida?

– Muito provavelmente...

– Por que esfaquearam a pobrezinha?

– Não sei... Os jornais dizem que foi um admirador fanático da Steffi Graf.

– É lamentável.

– Mas a senhora está com uma aparência boa hoje...

– É mesmo?

– Quando melhorar, vamos jogar um *set*...

– Ah, claro, claro...

– Estou falando sério... Vamos jogar aquela partida de final que sempre quis...

– *Mademoiselle*...

– Mas eu quero salientar que diante de mim a senhora simplesmente não tem muita chance...

– Nós duas sabemos que eu não vou sair mais daqui, não é mesmo?

– Começou o momento dos disparates novamente?

– Mas a senhora sabe que sempre que converso com a senhora é como se fosse um lindo *set*, de qualquer forma...

– Sim... Quero dizer...

– O tênis é uma espécie de diálogo, senhorita... Quanto melhor for o seu adversário, tanto melhor você baterá na bola... Ao passo que, se for ruim, não importará o quão habilidosa seja. Torna-se um jogo horrível.

– Muito obrigada...

– Foi uma final linda, eu que agradeço.

– Senhora Rosella, podemos deixar de lado esses irritantes tempos verbais do passado?

– Apreciar falar do futuro numa cama em um quarto de hospital e ligada a máquinas não é nada... fácil...

– Fale do passado, então...

– Você quer que eu conte?

– Prefiro que você conte em vez de falar desse jeito...

– Onde paramos?

– Porque você não fala com sua filha...

– Sim...

– Olha, se estiver cansada...

– Estou cansada, mas quero terminar...

– Devo chamar a enfermeira?

– Não há necessidade... Após três dias que passamos com medo, por fim eles me entregaram à família do Aldo. Na verdade, somente minha querida Linet veio me buscar... Aliás, foi por insistência dela que a família me aceitou novamente... Mas com relutância... Por amor ao Aldo... Parecia que eles se sentiam um pouco constrangidos também, achavam que tinham exagerado no seu comportamento. Afinal o que eu fizera não era tão grave para sujar a honra da família, não é mesmo?

– Certamente.

– Mesmo assim nada foi como antigamente...

– Você recebeu notícias do Enver mais uma vez?

– Os jornais escreveram após um mês que o poeta comunista que traiu a pátria tinha fugido para a Rússia... Com as tentativas de Jaqueline, algumas coisas foram relembradas naquela hora, mas minha aventura perdeu sua importância por tantos acontecimentos tristes: o serviço militar dos homens, o Imposto sobre o Patrimônio, o banimento para *Aşkale*[14]...

– Não escreveu para ele?

– Não, *mademoiselle*... Eu enterrei minha história dentro de mim... Tinha medo de não ficar resistente e deixar todo mundo em meio ao perigo se ela brotasse nova-

14 Nome de uma cidade situada a leste da Turquia, onde havia um campo de concentração para onde centenas de não muçulmanos, alguns dos quais já eram idosos, que não pagaram o exorbitante Imposto sobre o Patrimônio, foram enviados no inverno de 1942. Lá eles foram forçados a cavar na neve e vários sucumbiram devido ao frio intenso. (N.T.)

mente... Eu não tinha forças para viver isso mais uma vez.

– Bem, quanto a isso não está errada...

– Mas não é tão fácil... Eu me culpei por anos... Fiquei com raiva de mim por não ter sido mais forte, por não ter abraçado meu amor e não ter arriscado tudo...

– Mas o que você podia fazer?

– Me levantar e ir atrás dele, por exemplo...

– Para onde? Para a Rússia?

– Claro...

– O que ia acontecer com a Tânia?

– Provavelmente o nosso relacionamento não seria pior do que hoje.

– Não sei, senhora Rosella... Quero dizer, é muito difícil...

– Quando a guerra acabou e as estradas ficaram seguras novamente, eu era a única pessoa que lamentava provavelmente...

– Pois não tinha mais esperança de rever o Enver.

– Sim. O Aldo mandou nos buscar imediatamente... Quando nos reunimos novamente o achei envelhecido... Parecia que haviam se passado vinte anos, e não cinco... Seu cabelo tinha caído e ele estava muito magro. A única coisa que melhorou foi sua carreira na universidade. O casal de judeus idosos que o hospedou durante a guerra deixou a casa para Aldo quando foi para os Estados Unidos...

– A casa em que mora agora?

– Sim, *mademoiselle*... A única boa lembrança da guerra para nós... A guerra deixou sessenta e dois milhões de mortos atrás dela... Nós sobrevivemos de alguma forma... Para frente havia uma vida para viver, para trás preços pagos. Além disso, eu tinha perdido todas as minhas expectativas da vida, então aceitei morar aqui por minha própria vontade.

– Por sessenta anos...

– Sim, *mademoiselle*... Exatamente por sessenta anos...

– Por que não foi mais para Istambul?

– Não sei... Provavelmente eu tinha medo de prejudicar as minhas memórias... Aliás, a Istambul a que assisto na televisão simplesmente não se parece com a que eu conheci...

– Isso também está certo... Provavelmente o senhor Aldo ainda estava apaixonado pela senhora.

– Tive certeza disso somente após a sua morte.

– Como?

– Depois do funeral estava mexendo no seu cofre pessoal para procurar alguns documentos quando encontrei algumas cartas enviadas para ele de Istambul durante a guerra. Todas eram de Jaqueline.

– Nossa... E o que estava escrito?

– Não tive coragem de ler todas, mas, pelo que entendi na primeira carta, ela contava como eu o traíra lá... Os encontros com Enver Rigan, os lugares a que fomos, a casa de chá em Laleli, enfim, ela relatou tudo em detalhes...

– E o senhor Aldo nunca lhe disse isso, certo?

– Nunca.

– Mas ele guardou as cartas.

– Sim.

– Quase sessenta anos...

– É...

– É difícil para um homem...

– Infelizmente...

– E a Tânia?

– A Tânia não foi tão tolerante quanto o pai.

– Ela também as leu?

– Sim.

– Foi você quem as deu?

– Claro que não... Mas secretamente eu queria que ela um dia as encontrasse e as lesse... Exatamente como Aldo quis de alguma forma que eu as encontrasse e lesse... Senão nós dois poderíamos tê-las queimado quando ainda havia a oportunidade, não é?

– Certo...

– Quando a Tânia tinha vinte e três anos, numa manhã , com ódio, ela perdeu as estribeiras. Veio ao meu quarto e, balançando as cartas, me perguntou como eu tivera a coragem de fazer aquilo com o pai dela.

– O que você lhe respondeu?

– Nada...

– Como nada?

– Pense... Você é minha filha... Descobre que eu vivi um amor com um outro. Qual seria a sua reação?

– Entendi, senhora Rosella...

– Eu tinha certeza de que você entenderia, *mademoiselle*...

– Você quer que eu ligue para a Tânia?

– Por quê?

– Talvez ela queira vê-la.

– Deixe a Tânia de lado e vá procurar a sua própria mãe, senhorita... Eu conheço muito bem a aflição que a pobre mulher viveu.

– Ela me quer ainda?

– Não tenha dúvida disso.

– Senhora Rosella, tem certeza de que está bem?

– Sim... Sim, estou muito bem.

– Mas as suas mãos estão... frias...

– Não... tem... importância...

– Senhora Rosella?

– ...

– Zelda, avise imediatamente a enfermeira!

– Estou muito... bem, *mademoiselle*. Se eu descansar um pouco...

– Sua mão ficou fria...

– Está um pouco fresco, mas está bem... Assim... Como o outono...

– Não desista, por favor...

– Como você é linda, minha filha... Tão jovem... Quanto a mim, já falei muito... Agora estou um pouco cansada...

– Enfermeira! Enfermeira!

– ...

– ...

20

Querida filha Pelin,

Quando Zelda lhe der esta carta, significa que a minha estada neste mundo chegou ao fim. Se você sentir vontade, chore por mim, mas que suas lágrimas não durem por muito tempo. Afinal eu vivi uma longa vida e querer mais seria cobiça. Não se deve enfiar as unhas nessa vida com uma ganância vã...

A propósito, certamente devo desculpar-me por não tê-la tratado mais informalmente. Obviamente, o fato de nos tratarmos uma à outra da maneira que as tutoras francesas o fazem foi gracioso; há até um poema inesquecível sobre isso. Mas quero dizer minhas últimas palavras como se eu fosse sua mãe.

Minha linda filha,

Você iluminou com sua beleza e conversou comigo nos últimos dias da minha vida; sou agradecida. Espero que você não tenha ficado muito entediada. Eu queria expressar tudo para você com maior destreza, com maiores detalhes, mas ai de mim; porém, foi isso que podia vir de mim.

Você sabe muitas coisas sobre a minha vida. É claro que eu também sei bastante sobre a sua. Aliás, devo confessar que, sendo uma tartaruga bem mais velha do que você, levo junto comigo para a terra até mesmo as coisas que você disse sem dar muita atenção.

A solidão é ruim, querida Pelin... Sobretudo a solidão que não aconteceu por escolha própria; essa é a pior de todas. Num estágio da vida, a pessoa que fica sozinha demais por necessidade pode fazer coisas muito estranhas. Ela coloca anúncios estranhos em jornais locais, por exemplo. Ela cria uma peça teatral do passado sem querer, enfeitando-o na sua mente...

Ou, para não mostrar sua solidão, ela enfeita o tempo presente. Ela cria na sua imaginação um Dimitri, um Alexei, um Klaus-Peter e sente um desejo sincero de acreditar na existência deles. Tenho fé de que você me dará razão especialmente a esse respeito. E às vezes esses solitários têm sorte de se encontrar e se consolar como nós. Eles se reconhecem pelas suas feridas... Assim como você e eu, à primeira vista... Quer seja na linda Istambul ou nesta cidade europeia certinha como uma régua...

A solidão é solidão em qualquer lugar, minha filha. Assim como as nossas preces são imutáveis em qualquer lugar.

O meu advogado vai te ligar daqui a uma semana para os trâmites da concessão da escritura. Eu confio a casa a Zelda e o gato a você. Lamento não ter perguntado a sua opinião a respeito.

Não penso que a Tânia vá se importar com a questão da casa. Eu peço um favor: se ela vier para o funeral, diga-lhe o seguinte: Eu sempre a amei. Não sei até que ponto fui uma mãe boa, mas Deus altíssimo é testemunha do amor infinito por ela que guardei no meu coração.

Como você vê, querida Pelin, ser uma mãe ou um pai é uma angústia infinita... Eu não a conheço, mas tenho certeza de que sua mãe também vai concordar com isso.

Agradeço a todos que participarão do meu funeral e lerão a oração *Kadish*[15] por mim... Talvez você leia esta carta antes do funeral. Talvez você saia do cemitério junto com o Sarkis. Nos lábios de vocês haverá o sabor das orações de suas religiões que vocês farão para mim. Talvez você queira tomar um chá de tília dessa vez.

---

15 No judaísmo, oração especial ritualística dita em enterros em memória a parentes falecidos, geralmente realizada pelos filhos. (N.T.)

Então o Sarkis vai te convidar para a sua doceria.

Vocês começarão a se distanciar andando lado a lado na rua que se estreita em direção ao horizonte. Ao final da rua, quando vocês ficarem bem pequenos, a câmera vai subir lentamente e, enquanto o céu azul da primavera enche a tela, os créditos finais aparecerão...

Quanto a mim, estarei sentada na melhor poltrona assistindo a tudo, minha linda filha. Com a chegada do outono e o início das chuvas, talvez eu retorne a você como uma gota d'água. Um friozinho na sua bochecha...

Então talvez conversemos novamente, mas se não quiser não esquente a cabeça...

Como o Aldo dizia: *Quedavos en bon'ora...* Fique bem.

Rosella

Esta obra foi composta por Eveline Albuquerque em
Palatino e impressa em papel off-set 75g/m^2 pela
RR Donnelley para a Sá Editora em maio de 2010.